KB274686

4色4味

중국시 산책

4色4味
중국시 산책

펴낸날 | 2008년 5월 15일 초판 인쇄
　　　　2008년 5월 20일 초판 발행
엮은이 | 이해원 · 박민정
펴낸이 | 이방원
펴낸곳 | 세창미디어

　　　　주 소 | 서울시 서대문구 냉천동 182 냉천빌딩 4층

　　　　전 화 | 723-8660　팩 스 | 720-4579

　　　　e-mail | sc1992@empal.com

　　　　http://www.scpc.co.kr

　　　　신고번호 | 제300-1998-3호

값 11,000원

잘못 만들어진 책은 바꿔 드립니다.

ISBN 978-89-5586-081-8　03820

<table>
<tr><td>

4色4味 중국시 산책 / 이해원 · 박민정 엮음.

— 서울 : 세창미디어, 2008

　216p. ; 1.25cm

ISBN 978-89-5586-081-8　03820 : ₩11000

340.99-KDC4

320.092-DDC21　　　　　　　　　　　CIP2007003304

</td></tr>
</table>

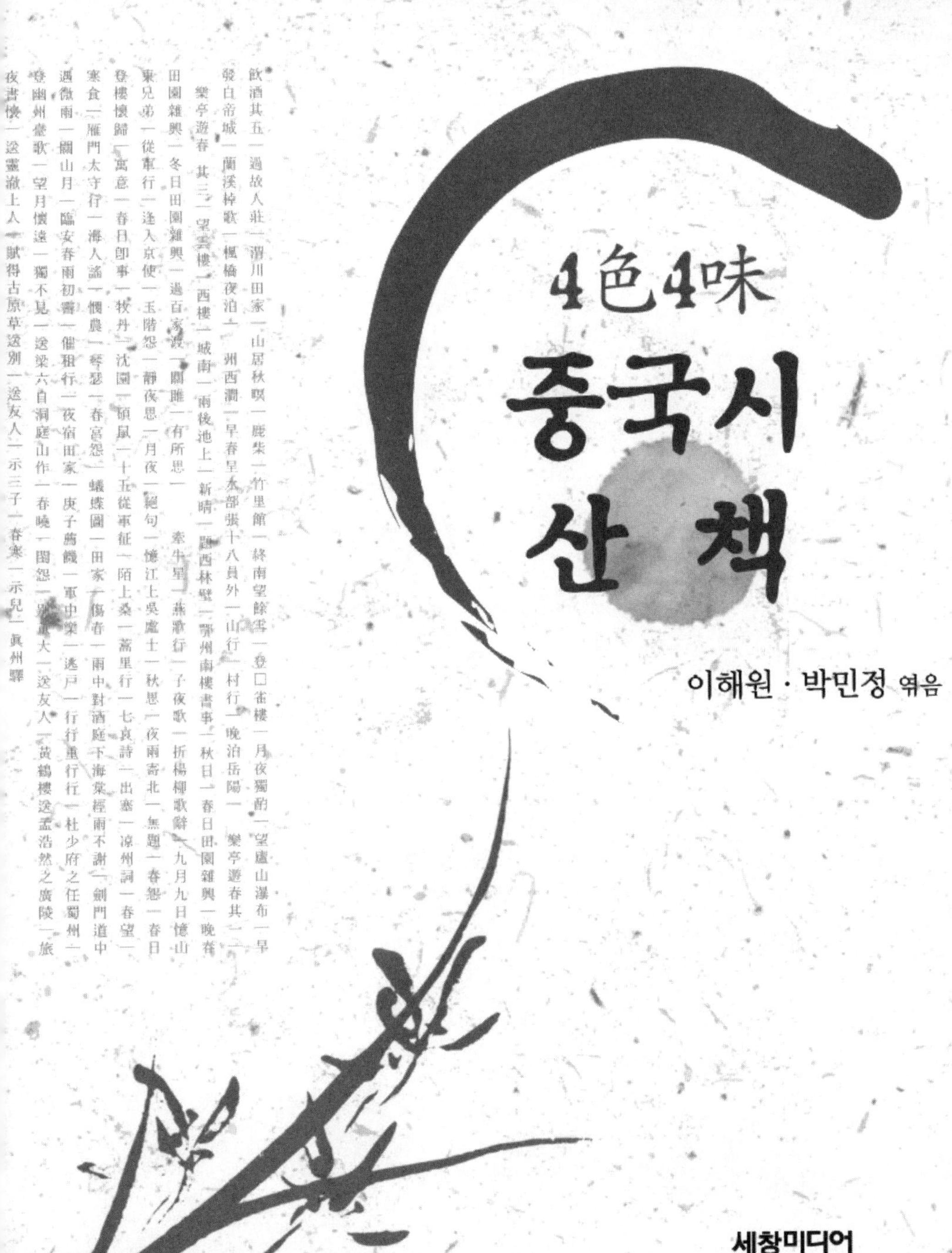

4色4味 중국시 산책

이해원 · 박민정 엮음

세창미디어

　　흔히 '중국시'(中國詩)라고 하면 전공자가 아닌 일반인들은 '한자'(漢字)라는 부담감이 먼저 떠올라서인지 좀처럼 접할 생각조차 하지 않는다. 중국 시(詩)문학을 전공하고 있는 연구자들에게도 모든 시가 마냥 즐겁고 반갑지만은 않으니, 일반인들이 그런 두려움을 갖는 것은 너무나도 당연한 일이다. 이런 사정을 파악해서인지, 언제부터인가 꾸준하게 중국 고전시가(古典詩歌) 번역서가 출판되고 있다. 특히 최근에는 중국시 연구자들이 "이런 좋은 시들을 어찌 우리 전공자들만 감상하고 있을 수 있겠는가?" 하는 생각이 강했는지 삼백 수 혹은 백 수 등 여러 각도에서 작품을 선정하여 우리말로 번역한 책들을 속속 내놓고 있다. 편역자 또한 본인이 매일매일 보고 있는 훌륭한 작품들을 가깝게는 본인의 가족과 친구들 더 나아가 중국시의 매력에 아직 빠져보지 못했던 이들이 조금이라도 쉽게 중국시를 접하는 데 일조하고자 이번 번역서 작업에 임하게 되었다.

　　중국 최초의 시집인 《시경(詩經)》에서부터 고전문학의 마지막 시기인 청대(淸代)에 이르기까지 긴 시간의 여정 속에서, 또한 다양한 시대 배경을 거치면서 무수히 많은 시가 쏟아져 나왔다. 이렇게 많은 시 가운데 단지 백 수만을 꼽는다는 것은 막막한 작업이 아닐 수 없다. 아직은 중국시가라는 바다에서 '빙산의 일각'에 지나지 않는 정도의 시를 접해본 편역자이다 보니 더욱 어려운 일이었다. 이는 이 책을 엮는 데 부딪힌 첫 번째 난관이었다. 그래서 중국문학사에서 자주 언급되고 있는 작품, 기존에 여러 중국시 번역서에서 선정한 작품을 근간으로 하여, 이에 편역자 나름의 기준을 세워 백 수를 선정하고 내용상 네 부류로 나누었다.

　첫째 '가벼운 마음으로'에서는 주변 경물을 경쾌한 시선으로 바라본 산수자연시 위주의 작품을, 둘째는 사랑하는 이, 오래 전 헤어진 친구, 떠나온 고향과 가족에 대한 사무치는 감정을 '그리운 마음으로' 담아낸 작품들을, 셋째는 가혹한 시대적·사회적 상황에 대한 '괴로운 마음을 달래며' 쓴 사회풍자시 위주의 작품을, 마지막은 아름다웠던 또는 행복했던 지난날을 회상하며 지금은 그렇지 못한 상황에 대한 안타까운 마음에 '슬픔을 머금고' 쓴 작품들을 모은 것이 그것이다. 대강의 내용 파악으로 분류해 놓고 보니, 그 다음은 우리말로 어떻게 옮겨야 원시(原詩)의 맛을 잃지 않으면서 시인이 말하고자 했던 것을 독자에게 모두 전달할 수 있을까라는 두 번째 과제에 부딪혔다. 이 점에서는 되도록 한자(漢字) 한 글자 한 글자의 뜻 그대로를 살리려 노력했으며, 그것으로 이해가 안 될 경우에는 약간의 의역(意譯)을 가함으로써 그 해결방안을 찾았다.

　편역자의 작은 노력이 중국시를 읽고자 하는 동기를 불러일으키는 데, 혹은 중국시의 묘미를 느끼는 데 한 걸음 가깝게 다가설 수 있도록 도움이 되기를 바라는 마음으로 이 책을 엮었으며, 탈고를 하는 지금 이 순간에는 그 바람이 더욱 강렬하다.

　끝으로 이번 작업을 위해 물심양면으로 지원을 아끼지 않으신 세창미디어 사장님과 편집자님 아울러 여러 지인들께 감사의 말씀 전하고자 한다.

2008년 4월

편역자

둘... 그리운 마음으로

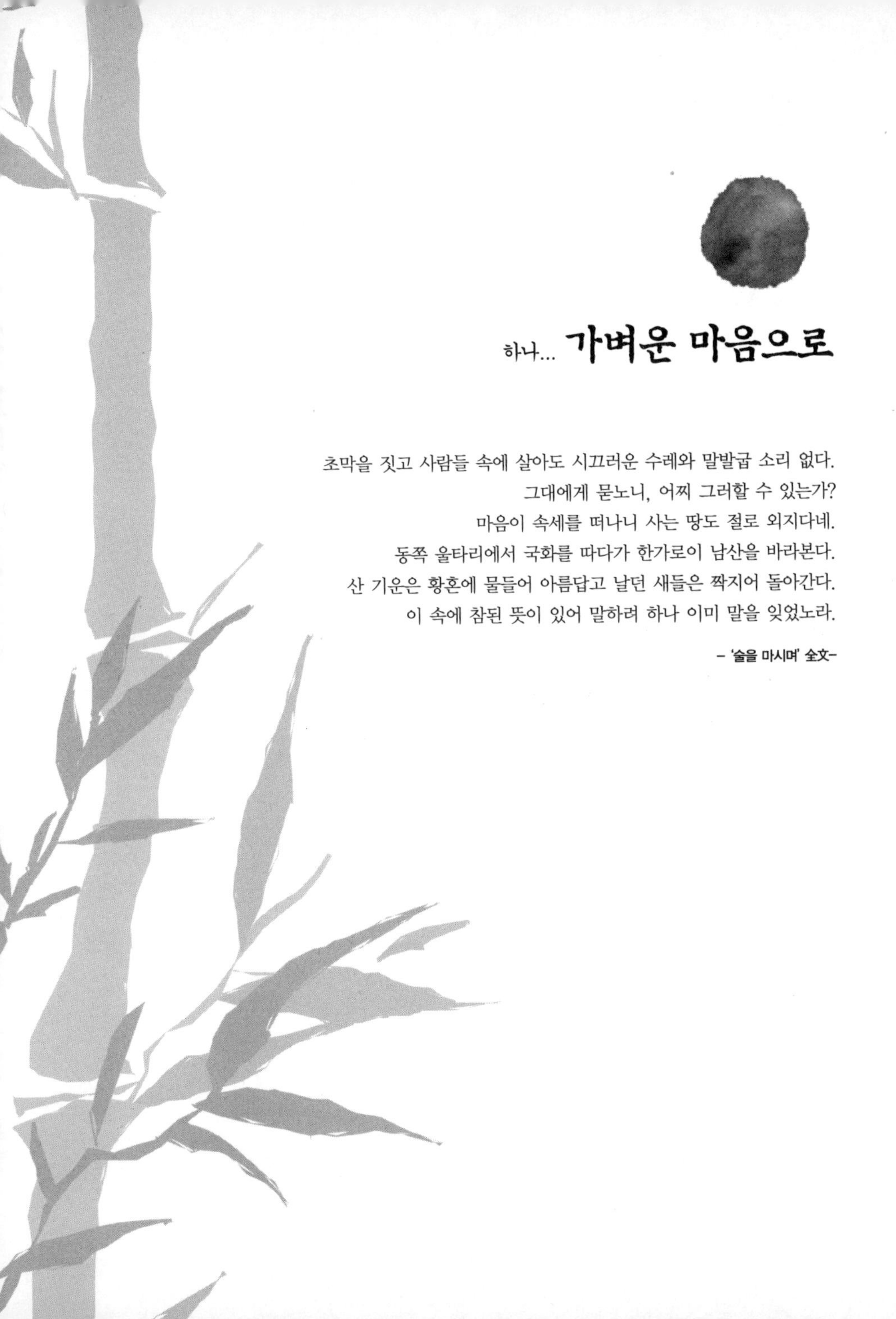

하나... 가벼운 마음으로

초막을 짓고 사람들 속에 살아도 시끄러운 수레와 말발굽 소리 없다.
그대에게 묻노니, 어찌 그리할 수 있는가?
마음이 속세를 떠나니 사는 땅도 절로 외지다네.
동쪽 울타리에서 국화를 따다가 한가로이 남산을 바라본다.
산 기운은 황혼에 물들어 아름답고 날던 새들은 짝지어 돌아간다.
이 속에 참된 뜻이 있어 말하려 하나 이미 말을 잊었노라.

- '술을 마시며' 全文-

초막을 짓고 사람들 속에 살아도
시끄러운 수레와 말발굽 소리 없다.
그대에게 묻노니, 어찌 그러할 수 있는가?
마음이 속세를 떠나니 사는 땅도 절로 외지다네.
동쪽 울타리에서 국화를 따다가
한가로이 남산을 바라본다.
산 기운은 황혼에 물들어 아름답고
날던 새들은 짝지어 돌아간다.
이 속에 참된 뜻이 있어
말하려 하나 이미 말을 잊었노라.

結廬在人境, 而無車馬喧.
問君何能爾, 心遠地自偏.
采菊東籬下, 悠然見南山.
山氣日夕佳, 飛鳥相與還.
此中有眞意, 欲辨已忘言.

眞意(진의): 자연의 섭리에 맡기고 따르는 이치.

도연명(陶淵明)은 음주시(飮酒詩)의 서문에서 "술에 취하여 갑자기 몇 구절 시를 지어 스스로 즐겼다"(既醉之後, 輒題數句自娛)라고 한 것을 통해 알 수 있듯이, 이 작품은 술에 취해 지은 음주시 20수 가운데 다섯 번째 작품이다.

《장자(莊子)·어부(漁父)》편에 이르기를 "진(眞)이란 하늘에서 받은 바이니, 저절로 그러한 것으로 사람이 마음대로 바꿀 수 없는 것이다"(眞者, 所以受於天也, 自然不可易也)라 하였다. 아침이 되면 새가 둥지를 떠났다가 저녁이 되면 다시 둥지로 돌아오는 이치를 통하여 자연의 운행은 속세의 인간이 인위적으로 바꿀 수 없고, 어찌할 수도 없는 '진'(眞)이라고 말한 것이다. 마지막 부분의 "말을 잊었노라"(忘言)라고 한 것은 바로 도연명이 《장자(莊子)·외물(外物)》편에서 말한 "말이란 뜻이 있기 때문이니 뜻을 얻으면 말은 잊혀진다"(言者所以在意, 得意而忘言)는 경지에 이르렀음을 의미하는 것이 아닐까? 자연의 섭리를 말하고자 하였으나, 이미 제득하였기 때문에 더 이상 그것에 대해 말 할 필요를 느끼지 못한 것이라는 작자의 뜻을 짐작할 수 있겠다.

지은이

자(字)는 연명(365~427), 이름은 잠(潛), 중국 동진(東晋) 때의 시인으로, 문 앞에 버드나무 다섯 그루를 심어놓고 스스로 오류선생(五柳先生)이라 칭하기도 하였음. 항상 전원생활에 대한 사모의 정을 달래지 못한 그는 41세에 누이의 죽음을 구실삼아 팽택현(彭澤縣)의 현령을 사임한 후 다시는 관계에 나가지 않았음. 평생의 대부분을 일반 백성으로 보냈기 때문에 그의 시는 생활로부터 스며나온 작품이 주를 이루며, 그의 이러한 시풍은 당대(唐代)의 여러 시인들에게 영향을 끼쳐 중국 문학사에 매우 많은 업적을 남겼음.

옛 친구, 닭과 기장 준비하고
시골집으로 나를 초대하였네.
푸른 나무 마을 주위에 둘러 있고
청산은 마을 밖 비스듬히 보인다.
창문 열고 마당의 채마밭 마주하고
술잔 기울이며 뽕나무, 삼을 더불어 이야기하네.
중양절 될 때
다시 와 국화에 취해 볼까나.

故人具鷄黍, 邀我至田家. 綠樹村邊合, 靑山郭外斜.
開軒面場圃, 把酒話桑麻. 待到重陽日, 還來就菊花.

郭外(곽외): 곽(郭)은 외성(外城)을 말하는 것으로, 곽외(郭外)는 비교적 도성(都城)에서 멀리 떨어진 한적한 교외를 이름.
桑麻(상마): 뽕나무와 삼, 누에치기와 베짜기 등 모든 농사일을 의미.
重陽日(중양일): 음력 9월 9일. 옛 명절의 하나.
就菊花(취국화): 옛날에 중양절에 국화주를 마시는 풍습이 있었음.

친구와 술잔을 기울이며 우정을 나누는 정겨운 모습을 통해 속
세를 벗어난 시골의 풍경과 한적하고 담백한 농촌의 생활을 진실
된 감정으로 노래한 이 시는 맹호연의 대표적인 전원시 가운데 하나이다.
청산과 푸른 나무로 둘러싸여, 마치 그 상쾌하고 시원한 바람이 느껴지는
것만 같다. 시인은 그 속에서 벗과 더불어 술잔을 기울이며 한가로이 이런
저런 농사 이야기를 나누고 있다. 이렇듯 시 한 수가 한 폭의 그림과 같으
니, 소동파(蘇東坡)가 왕유(王維)의 시를 일러 "시 속에 그림이 있고, 그림 속
에 시가 있다"[詩中有畵, 畵中有詩]고 한 경계(境界)가 어찌 맹호연의 시에도
있다고 하지 않을 수 있겠는가.

자(字)가 호연(浩然) (689~740), 당(唐)나라 때의 시인으로 대부분의
삶을 고향의 녹분산(鹿門山)의 남원(南園)에 은거하며 지냈음. 현종(玄
宗) 초(初)에 친구 장자용(張子容)과 함께 장안에서 과거에 실패한 뒤 장안을 떠나
지금의 호남(湖南), 강서의 상(湘) 땅 등을 유랑함. 전원의 한적한 은일 생활을 묘
사하거나 자연의 풍경 묘사를 작품의 주제로 다루어, 당나라 때 다량의 산수시를
창작한 첫 번째 시인. 왕유와 더불어 전원산수시(田園山水詩)의 대표시인으로 "왕
맹"(王孟)으로 병칭(幷稱)되며 널리 알려져 있음. 그의 시는 제재가 광범위하지는
않지만 담백한 시어로 산수 자연의 아름다움을 표현해낸 자연스러운 시풍이 특
징이며 《전당시(全唐詩)》에 267수가 전함.

석양빛 마을을 비스듬히 비추니
좁은 골목으로 소와 양 돌아오네.
시골집 늙은이 어린 목동 염려되어
지팡이 짚고 사립문에 서서 기다리네.
꿩 울음소리에 보리 이삭은 꽃을 피우고
누에 잠들어 뽕잎 드무네.
농부들 호미 메고 돌아오는 길에
주고받는 이야기 끝이 없구나.
바로 이러한 한가로움 부러워
쓸쓸한 마음에 식미의 노래 읊조린다.

斜光照墟落, 窮巷牛羊歸. 野老念牧童, 倚杖候荊扉.
雉雊麥苗秀, 蠶眠桑葉稀. 田夫荷鋤至, 相見語依依.
卽此羨閑逸, 悵然吟式微.

渭川(위천): 위수(渭水), 황하강의 지류.
斜光(사광): 사양(斜陽)이라고 된 판본도 있음.
依依(의의): 차마 서로 떨어지기 아쉬워하는 모양.
式微(식미): 《시경(詩經)·패풍(邶風)》편에 "하릴없네 하릴없네, 어찌 아니 돌아갈까?"(式微式微, 胡不歸)라 하여 '식'(式)은 발어사(發語詞) '미'(微)는 늙어감을 뜻하며 '식미'는 귀은(歸隱)의 의미를 담고 있음.

농촌의 초여름, 황혼이 지는 저녁의 분위기를 느낄 수 있다. 농촌의 한가로운 정경, 자연과 계절의 변화에 맞추어 사는 농부의 소박하고 진솔한 생활이 어찌나 자연스럽고 사실적으로 묘사되어 있는지. 이렇게 한가한 전원의 광경을 바라보고 있노라니, 그런 삶을 영위하지 못하고 있는 현실에 대한 시인의 원망이 마지막 행의 '식미'(式微)라는 단 하나의 시어를 통해 드러나 있다. 작자는 농촌과 자연 속에서의 진정한 인간의 삶을 기대하면서 현실과 대비되는 전원에서의 순수한 삶의 고귀함을 함축적으로 보여주고 있는 것이다.

자(字)는 마힐(摩詰) (699~759)이며 태원(太原) 기(祁), 지금의 산서(山西) 기 사람으로 초기에는 여러 관직을 지내다가 천보(天寶) 연간에 남전(藍田)의 망천(輞川)에 은거하였음. 숙종(肅宗) 건원(乾元) 연간에 상서우승(尙書右丞)을 지냈기 때문에 "왕우승"(王右丞)이라고도 칭함. 성당 산수전원시파의 대표 시인으로 농촌과 자연의 풍경 묘사에 뛰어나고 그의 시는 사령운(謝靈運)의 산수시 전통을 계승하면서도 화려하고 수식적인 묘사보다는 도가의 은일(隱逸) 사상과 불교의 선(禪) 사상을 표현하여 독특한 시의 경지를 개척하였음. 산수화에도 조예가 깊어 남종화(南宗畵)의 창시자로까지 추앙을 받으며, 소동파(蘇東坡)는 "시 가운데 그림이 있고 그림 가운데 시가 있다"(詩中有畵, 畵中有詩)라는 말로 그의 시를 평하기도 하였음. 《전당시》에 383수가 전함.

 # 山居秋暝 * 王維 | 가을 저녁 산속에서

빈 산에 갓 내리던 비 막 개인 후
날은 어두워져 가을이 왔네.
밝은 달빛은 소나무 사이로 비치고
맑은 샘물은 바위 위에 흐르네.
대나무 숲 소란터니 빨래하던 여인들 돌아가고
연잎 흔들리더니 고깃배 내려가네.
제멋대로 봄의 향기 다했어도
그런대로 머무를 만하구나.

空山新雨後, 天氣晚來秋. 明月松間照, 淸泉石上流.
竹喧歸浣女, 蓮動下漁舟. 隨意春芳歇, 王孫自可留.

隨意(수의): 아무런 속박이나 구속이 없이 마음대로 함.
王孫(왕손): 귀공자 또는 왕손, 여기서는 풍류를 즐기며 은일자적(隱逸自適)하는 시인 본인을 가리킴.

사람의 흔적 없음을 암시하는 '빈 산'(空山)과, 속세와의 대조를 내포한 자연의 '비'를 맑고 담박하게 묘사한 대목은 '가을'이라는 계절을 바라보고 있는 시인의 감정에 깊이를 더하였다. 또한 빨래하며 떠들썩하던 아낙들의 소리는 인간의 소리를 대변하는 것으로 자연의 '정'(靜)적인 세계를 표현하기 위한 대비 수단에 불과하니, 직접적으로 정적인 자연을 묘사한 것보다 얻은 효과가 어찌 덜하다 하겠는가.

빈 산에 사람은 보이지 않고
사람의 말소리만 울리네.
지는 햇빛 깊은 숲에 스며들고
다시 푸른 이끼 위를 비추네.

空山不見人, 但聞人語響.
返景入深林, 復照靑苔上.

왕유의 후기(後期) 산수시 대표작 가운데 하나이다. 왕유는 40세 이후에 종남산(終南山)에서 관직 반 은일 반 생활을 하였고, 그 후에는 장안 근처 남전(藍田)의 망천(輞川) 별장에 은거하며 《망천집(輞川集)》을 지었는데, 이 시는 그 20수 가운데 하나이다.

'빈'(空)、'사람은 보이지 않고'(不見人)와 속세를 상징하는 모든 욕망의 원천이 되는 '사람의 말소리'(人語)를 대응시켜 그 각각이 의미하고자 하는 바를 더욱 선명하게 드러내었다. 시인이 바라본 자연은 구분이 없는 하나의 세계, 높고 낮은 지위의 차별이 없는 동등한 세계, 너와 내가 화해하는 조화로운 세계이다. 이러한 자연을 이 시에서는 '산'(山)·'햇빛'(景)·'숲'(林)·'푸른 이끼'(靑苔) 등 담백하고 평범한 명사를 배치하여 표현하였다. 사람의 모습은 보이지 않고 소리만이 들린다는 표현은 사람도 자연의 일부에 불과함을 드러내고자 의도한 것이리라. 이처럼 객관적인 사물을 통해, 속세를 초탈하고자 하는 시인의 내적 세계를 우리 독자는 조금이나마 엿볼 수 있을 것이다.

그윽한 대나무 숲에 홀로 앉아
거문고 타며 휘파람도 길게 불어본다.
깊은 숲이라 아는 이 없고
밝은 달만 내려와 비춰주누나.

獨坐幽篁裏, 彈琴復長嘯.
深林人不知, 明月來相照.

죽리관은 왕유의 별장(別莊)으로, 대나무 숲속에 있었던 데서 유래한 명칭이다. 시인은 이곳, 고요한 대나무 숲속 달빛 아래서 거문고를 타며 길게 휘파람을 불어본다. 깊은 숲이니 인적도 없고, 이런 곳에서 제 아무리 거문고를 타며 크게 휘파람을 분들 누가 알겠는가. 이런 한적함을 즐기노라면 홀연 고독함이 밀려올 만도 하나, '밝은 달'(明月)이 그 틈을 주지 않고 깊은 숲속의 작자를 비춰주니 고독이 아닌 한적함을 더 없이 즐길 수 있었으리라. 이것이 자연 세계와 조화를 이룬 시인이 자연과의 융화를 통해 얻은 '물아일체'(物我一體)한 탈속의 경지가 아니고 무엇이랴.

종남 산 북쪽 경치 빼어나구나
쌓인 눈은 구름 끝과 닿아 있네.
숲 밖은 눈 개이니 하늘 맑은데
성 안은 날 저물어 찬 기운 더하네.

終南陰嶺秀, 積雪浮雲端.
林表明霽色, 城中增暮寒.

終南(종남): 장안(長安)의 남쪽을 바라보고 있는 곳에 위치한 종남산(終南山)을 가리킴.
陰嶺(음령): 북쪽의 재로, 산의 북쪽을 가리킴.
林表(임표): 숲 위, 즉 숲 밖.
霽色(제색): 비나 눈이 개인 뒤 맑은 날의 풍경.

빼어난 아름다움을 지니고 우뚝 솟아 있는 종남산과 그 봉우리에 쌓여 있는 눈. 그리고 눈이 개인 후 저녁노을 진 성 안팎 풍경을 수식 하나 더하지 않고 꾸밈 없이 진솔하게 그렸다. 정상에 쌓인 눈이 녹지 않은 원경(遠景)에서부터 성 안 낮은 곳의 근경(近景)으로 작자의 시선이 이동했다. 혹, 가까운 곳에서 바라본 원경(遠景)은 속세와 일정한 거리를 유지하고 있는 동경의 대상을 상징함은 아닐는지.

낙양(洛陽) 사람으로 생애에 대해서는 잘 알려져 있지 않음. 현종(玄宗) 개원(開元)과 천보(天寶) 연간에 활동하였으며 왕유와 절친한 친구로 지냈는데, 왕유의 〈증조삼영(贈祖三咏)〉을 보면 가난과 병으로 어려운 삶을 영위하였음을 알 수 있음. 《조영집(祖咏集)》이 전하며 《전당시》에 36수가 전함.

해는 산에 기대어 지고
황하는 바다로 흘러든다.
천리 밖 끝까지 보고 싶어
한 층 더 오른다네.

白日依山盡, 黃河入海流.
欲窮千里目, 更上一層樓.

鸛雀樓(관작루): 지금의 산서성(山西省) 영제현(永濟縣) 서남쪽에 위치. 3층으로 지어진 누각으로 앞에는 높은 산이, 아래로는 큰 황하가 내려다보인다고 하는데 전설에 따르면 황새가 이곳에서 자주 서식한다고 함.

사람들은 종종 보다 나은 삶의 물질적 정신적 지향을 표현하고
자 할 때 이 시를 인용하곤 한다. 그렇다. 이 시를 표면적으로만
이해하더라도, 하늘과 땅이 맞닿는 곳까지 더 멀리 보려면 좀더 높은 곳에
올라야 한다는 의미로 파악할 수 있다. 하지만 작자는 이 정도의 시상(詩想)
에 머무르려 하지 않은 것 같다. 그 큰 태양이 산에 기대어 지는 것처럼 보
이고, 그 길고도 큰 황하가 바다로 흘러드는 것을 보려면 더 이상 오를 곳이
없는 가장 높은 곳까지 올라야만 가능하기 때문이다. 따라서 그 지점에서
한 층 더 오르고자 한 것은, 자신이 서있는 누각으로 상징되는 속세로부터
벗어나 더 넓고 높은 우주의 세계로 향하고자 하는 마음인 것이다. 즉 인간
세계로부터의 초월을 희구하고 있는 작자 행간의 시정(詩情)을 읽을 수 있어
야만 이 작품을 좀더 작자의 의도에 가깝게 이해했다 할 수 있지 않을까.

자(字)는 계릉(季陵). 진양(晉陽), 지금의 산서(山西) 태원(太原) 사람.
그의 시 대부분은 그 당시의 악공(樂工)이 제작한 곡에 맞춰 노래로 불
리어 일세를 풍미하였으며 천보(天寶) 연간에 고적(高適)·왕창령(王昌齡) 등과 화
창(和唱)하였음. 변방의 풍경을 묘사한 변새시가 유명한데 〈양주사(凉州詞)〉와
〈등관작루(登鸛雀樓)〉는 인구(人口)에 회자(膾炙)되는 명편임. 《전당시》에 6수가
전함.

꽃밭 속 한 항아리의 술을

함께할 벗 없어 홀로 마시네.

술잔 들고 밝은 달 모셔오니

그림자까지 셋이 되었구나.

달은 술 마실 줄 모르고

그림자는 나를 따라 움직일 뿐이구나.

잠시 달과 그림자 벗 삼아서라도

이 봄 가기 전에 즐겨보네.

내가 노래하면 달은 내 주위 돌고

내가 춤추면 그림자도 어지러이 움직인다.

깨었을 때는 함께 즐겼건만

취하고 나니 제각각 흩어지는구나.

무정한 교우와 길이 맺고

멀리 은하에서 만날 것을 기약하노라.

花間一壺酒, 獨酌無相親. 擧杯邀明月, 對影成三人.

月旣不解飮, 影徒隨我身. 暫伴月將影, 行樂須及春.

我歌月徘徊, 我舞影零亂. 醒時同交歡, 醉後各分散.

永結無情游, 相期邈雲漢.

無情遊(무정유): 속세적인 정을 떠난, 세속의 이해관계를 떠난 교우. 인간의 정을 초탈한 자연과의 사귐을 말함.

속세에서의 삶에 나타나는 현상을 살펴보면 시비(是非)를 밝히려는 것이나 이해타산적인 태도는 개인의 판단에 의존하게 마련이니 사심에 의한 욕심이 발생하게 되고 논쟁으로 인한 분란이 끊임없이 계속된다. 이와 같은 인간 세계의 사귐에 싫증을 느낀 작자는 홀로 밝은 달빛 아래에서 술을 마시고 있다. 외로움을 느끼려는 찰나, 하늘의 달과 자신의 그림자가 벗이 되어주었다. 술을 매개로 인간과 무정(無情)한 자연이 함께 어울리니 세속의 이해관계가 존재할 수 있겠는가. 무정(無情)의 사물인 달과 그림자가 '나'와 함께 술 마시고 춤을 추니 어찌 자연과 인간이 하나가 되는 '물아일체'(物我一體)의 경지라 하지 않을 수 있겠는가. 이러한 탈속적이며 낭만적인 시정(詩情)을 통해 '시선'(詩仙)이라 불리는 이백의 면모를 조금이나마 엿볼 수 있다.

자(字)는 태백(太白), 호는 청련거사(靑漣居士)로 촉(蜀) 땅에서 유년 시기를 보내고 천보(天寶) 초(初), 오균(吳筠)의 추천으로 현종의 부름을 받아 정치적인 이상 실현의 기회를 얻어 장안으로 입조함. 한림학사(翰林學士)의 관직을 받았으나 정치적으로 주목을 받지 못하였고 자신의 이상과도 맞지 않아 결국 권세가의 모함을 받아 장안을 떠남. 이백의 시풍을 개괄적으로 표현할 때 "호방표일"(豪放飄逸)로 나타내는데 세속의 구속을 초월한 호방하고 참신한 필체와 원대한 뜻을 품은 예술적 특징을 두고 한 말임. 《이태백집(李太白集)》에 시 1000여 수가 전하며 그의 시는 유가와 도가의 사상과 유랑 생활을 표현한 작품들로, 당시 사회를 반영하거나 자유분방한 삶의 추구를 표현하였음. 참신하면서도 자연스러운 필치로 풍부한 상상력과 대담한 환상 및 기이한 과장법을 사용하여 호방하면서도 자유분방한 사상을 발휘하여 낭만주의 시의 최고봉을 차지함.

해가 향로봉을 비추니 자줏빛 안개 일어나고
멀리 보이는 폭포는 긴 강 걸어놓은 듯하다.
물줄기 내리 쏟아 길이 삼천 자
하늘에서 은하수가 떨어진 것인가 하였네.

日照香爐生紫煙, 遙看瀑布挂長川.
飛流直下三千尺, 疑是銀河落九天.

廬山(여산): 현재의 강서(江西).
香爐(향로): 여산의 북쪽에 있는 산봉우리로 봉우리 끝이 둥글어 안개나 구름이 모였다가 흩어지는 것
이 박산(博山) 향로(香爐) 모양과 같다고 함.
紫煙(자연): 폭포 부근의 수증기가 햇빛을 투과할 때 생겨나는 보랏빛 안개.
九天(구천): 하늘의 가장 높은 곳이란 뜻으로 하늘을 가리키는 말.

시의 제목 그대로 여산의 폭포를 바라보며 그 장엄한 모습을 그린 작품이다. 풍부한 상상력을 발휘하여 수직으로 떨어져 내리는 폭포의 거센 물줄기를 긴 강에 비유한 것이라든가 하늘의 은하수에 비유한 것 등, 상상력이 돋보이는 과장된 표현수법을 통해 이백(李白)의 호방한 기개를 느낄 수 있다. 시구(詩句)의 내용을 종이와 먹을 묻힌 붓으로 옮겨본다면 한편의 근사한 수묵 산수화가 나올 것 같지 않은가.

아침 백제성의 빛 고운 구름 사이로 떠나
천리 길 강릉을 하루 만에 돌아왔네.
양쪽 기슭에선 원숭이 울음소리 그치지 않고
가벼운 배는 벌써 만겹의 산을 지나왔네.

朝辭白帝彩雲間, 千里江陵一日還.
兩岸猿聲啼不住, 輕舟已過萬重山.

百帝城(백제성): 동한(東漢) 때 공손술(公孫述)이 세운 성으로 지금의 사천 봉절현(奉節縣) 백제산에 있음. 삼협 댐이 세워진 후에 다른 곳으로 옮겨짐.
辭(사): 이별을 고하고 떠남.
江陵(강릉): 호북성(胡北省) 형주(荊州)의 강릉현.

이백이 야랑(夜郞)으로 유배 가던 중에 사면되었다는 소식을 듣고 급히 강릉으로 돌아가는 길에 쓴 작품이다. 정치의 실패로 유배를 가다가 사면 소식을 듣고 뱃머리를 돌리려는 때의 자신의 마음은 바로 '만겹의 산'(萬重山)만큼의 중압감으로부터 벗어나게 된 것이고, 또한 '양안'의 좁은 공간 사이에서 울리는 원숭이의 울음소리처럼 유배의 슬픔을 털어버리게 된 것이니, 천리 길 강릉을 하루 만에 달려갈 만도 하다. 고향으로 돌아가 가족을 만날 수 있다는 기쁨으로 흥분된 감정을 억누르며 표현했음을 분명하게 느낄 수 있을 것이다.

눈썹 모양의 찬 달은 물가의 버들가지에 걸려 있고
월 땅의 산은 거울 속에 보인다.
난계에 사흘을 비가 내려 도화꽃이 피었고
한밤중에 잉어들 여울 타고 올라오네.

凉月如眉挂柳灣, 越中山色鏡中看.
蘭溪三日桃花雨, 半夜鯉魚來上灘.

난계(蘭溪)는 현재의 절강(浙江) 서남쪽에 위치해 있으며, 도가(棹歌)는 어민들의 노래인 어부가를 뜻한다. '유'(柳)라는 버들잎으로 표현된 미인의 형상과, 거울에 비치는 영상을 빌려 난계의 아름다운 산수 자연과 '도화꽃'으로 표현된 '무릉도원' 그리고 '잉어'[鯉魚]로 나타낸 어민들의 풍요로움을 감상할 수 있다.

자(字)는 유공(幼公), 윤주(潤州) 금단(金壇), 현재의 강소 금단 사람. 천보(天寶) 연간에 당시의 학자이며 문학가인 소영사(蕭穎士)에게 학문을 익힘. 호방한 작품들도 있으나 시의 의미나 시인의 의도를 직접적으로 드러내기를 기피하였고, 함축적인 묘사로 여운을 남기는 전형적으로 시적인 경향의 시를 지었음. 《전당시》에 300여 수가 전함.

달 지자 까마귀 울고 서리는 하늘에 가득한데
강가 단풍나무와 고깃배의 불을 보며 잠 못 이루네.
고소성 밖 한산사에서 들려오는
한밤중 범종소리 나그네 배에 이르네.

> 月落烏啼霜滿天, 江楓漁火對愁眠.
> 姑蘇城外寒山寺, 夜半鐘聲到客船.

楓橋(풍교): 다리 이름은 원래 봉교(封橋)였으나 시인이 시에서 풍교로 바꾸었음.
姑蘇城(고소성): 현재의 소주(蘇州)를 가리킴.
寒山寺(한산사): 남조(南朝) 양(梁)나라 때 세워졌으며 원래 절 이름은 '묘리보명탑원'(妙利普明搭院)
이었으나 초당(初唐) 때 시승(詩僧) 한산(寒山)이 이 절에 기거하였다하여 한산사라 칭함.

달이 서쪽으로 뉘엿뉘엿 지고 까마귀가 울며 온 천지가 하얀 서리로 뒤덮이는 풍광 속에 집 떠난 나그네가 어렴풋이 보인다. 그가 강가의 단풍나무와 고깃배의 희미한 불빛을 보며 나그네의 처량함을 느끼던 중, 범종소리가 그의 쓸쓸함을 더한다. 나그네의 신세로 적막한 가을밤에 이와 같은 주변 경치를 대하게 된다면 어느 누군들 쓸쓸함을 이길 수 있겠는가.

자(字)는 의손(懿孫), 양주(襄州) 현재의 호북 양양(襄陽) 사람. 박학다식하였고 사람들과 담론하기를 좋아하였으며 현실에 대한 불만과 백성의 아픔에 관심이 많았으며 정치적 재능을 보여 정치계에서의 업적이 뛰어남. 그는 나그네의 여행이나 증답시(贈答詩) 또는 자연풍경 묘사를 주로 다루는 시를 노래함. 《전당시》에 47수기 전함.

 # 滁州西澗 *韋應物 │ 저주의 서쪽 계곡

유독 계곡 가의 무성한 풀 좋아하고

나는 꾀꼬리 깊은 숲에서 우네.

봄 조수는 비에 불어 저녁 되니 더욱 세차고

들녘 나루터엔 사람없는 배만 홀로 비껴있네.

獨憐幽草澗邊生, 上有黃鸝深樹鳴.

春潮帶雨晚來急, 野渡無人舟自橫.

滁州(저주): 지금의 안휘(安徽) 저현(滁縣).

西澗(서간): 속칭 상마하(上馬河)로 저현성의 서쪽에 위치하였으나, 현재는 물은 없고 매몰되었다고 함.

'움직임'(꾀꼬리, 조수, 비)과 '정지'(풀, 나무, 배)라는 자연의 대조적인 부분들, 즉 움직임의 대상은 자연의 일부이고 정지의 대상은 인간이거나, 인간의 인위적인 창작물로 전체 시의 구조 속에 마치 자연의 일부분을 구성하듯이 배치하여 자연과 인간이 조화를 이루는 신비하고 오묘한 또다른 자연 세계를 담백하게 표현하였다. 늦은 봄 비오는 강가의 풍경을 자연스러우면서도 맛깔나게 그린 것 등 그의 작품을 통해 우리는 중당(中唐) 산수자연시의 묘미를 느낄 수 있겠다.

경조(京兆) 장안(長安)사람. 강렬한 사회성을 지닌 작품도 있으나 대부분의 시는 산수 전원과 은일 생활을 읊은 예술성을 갖춘 산수자연시임. 도연명의 영향을 받았고 왕맹(王孟) 산수전원시파에 속함. 그의 시는 전반적으로 담백하고 순수한 필체로 적막한 자연의 경지를 묘사하였으며, 정교하고 세련된 시어를 추구하였지만 조탁(彫琢)은 하지 않았음. 《위소주집(韋蘇州集)》이 전하며 《전당시》에 560여 수가 전함.

 # 早春呈水部張十八員外 * 韓愈
이른 봄날 장적에게

장안 거리 가랑비는 연유같이 윤이 나고
풀은 아득히 멀어 눈에는 보이지 않네.
일 년 중 봄의 경치 가장 좋은 때이니
안개 낀 버들 장안 가득 절경이구나.

天街小雨潤如酥, 草色遙看近却無.
最是一年春好處, 絶勝煙柳滿皇都.

水部張十八員外(수부장십팔원외): 수부원외랑(水部員外郎)을 지낸 장적(張籍)을 가리킴.
天街(천가): 천자가 기거하는 황성(皇城)의 거리

초봄을 맞이하여 눈앞에 펼쳐진 봄의 풍광을 '가랑비'(小雨), '풀'(草色), '연유'(酥)라는 시어를 사용하여 이미지를 형상화하였다. 그 아름다움을 만끽하던 시인이 벗에게 그 느낌을 전하고자 한 것 같다.

자(字)는 퇴지(退之), 회주(懷州) 수무현(修武縣: 지금의 하남성에 속함) 사람. 산문의 문체개혁운동인 고문운동(古文運動)으로 유명한 그는 시에 있어서는 산문적이라는 비난을 받기도 하였지만 제재(題材)의 확장이라는 측면에서는 송대(宋代) 시가에 상당한 영향을 미침. 《창려선생집(昌黎先生集)》이 전하고 《전당시》에 400여 수가 전함.

멀리 한산의 비스듬한 돌길 오르는데
흰 구름 피어있는 곳에 인가가 있네.
수레를 세우고 늦은 단풍을 즐기나니
서리 맞은 단풍이 이월의 꽃보다 붉네.

遠上寒山石徑斜, 白雲生處有人家.
停車坐愛楓林晩, 霜葉紅於二月花.

二月(이월): 2월, 여기서 2월은 음력으로, 양력으로 계산하면 봄이 됨.

산길, 인가, 흰 구름, 붉은 단풍이 어우러진 한 폭의 그림 같은 가을의 경치. 멀리 보이는 가을 산의 돌길이나 흰 구름이 떠 있는 인가(人家)의 원경(遠景)과, 수레를 멈춘 채 애정을 가지고 바라본 꽃보다 붉은 가을 단풍. 그 근경(近景) 속에서 가을 경치를 완상하고 있는 시인의 모습이 운치 있지 않은가. 빠르게 돌아가는 이 각박한 시대를 살고 있는 필자로서는 그런 여유를 즐길 수 있는 시인이 부러울 따름이다.

자(字)는 목지(牧之), 호는 번천(樊川), 경조부(京兆府) 만년현[萬年縣: 지금의 섬서성 서안(西安)] 사람. 작품이 두보와 비슷하다 하여 소두(小杜)라 하였고, 이상은과 더불어 이두(李杜)로 불림. 그는 근체시 특히 7언 절구에 뛰어났음. 만당을 대표하는 시인답게 그 당시 시풍(詩風)에 걸맞게 수식에 능하였지만 이러한 경향을 지닌 다른 시인에 비하여 상대적으로 내용을 중시하였음. 《번천문집(樊川文集)》이 전하고 《전당시》에 520여 수가 전함.

말 타고 산길에 들어서니 국화꽃들 이제 막 노랗게 피어 있고
말에게 가는 길 맡기고 유유히 가자니 야외의 흥취 넘쳐난다.
골짜기에는 저물녘 자연의 소리 끓어 있고
봉우리는 말없이 석양 속에 서 있다.
팥배 나뭇잎은 연지 빛으로 물들어 떨어지고
메밀은 꽃을 피워 흰 눈의 향기 묻어있다.
무슨 일인가, 시를 읊조린 끝에 홀연 슬퍼지는 건
마을 다리와 들판의 나무들이 내 고향의 것들과 닮았건만.

馬穿山徑菊初黃, 信馬悠悠野興長.
萬壑有聲含晚籟, 數峰無語立斜陽.
棠梨葉落胭脂色, 蕎麥花開白雪香.
何事吟餘忽惆悵, 村橋原樹似吾鄉.

悠悠(유유): 자유롭고 한가한 모양, 가는 모양.
野興(야흥): 자연 경치를 대하고 일어나는 흥취.
晚籟(만뢰): 저물녘에 들려오는 자연의 소리.
棠梨(당리): 팥배나무.

이 시를 감상한 사람이라면 어느 가을날 저물녘, 시인의 눈앞에 펼쳐진 아름다운 경치를 누구나 그려낼 수 있을 것이다. 그만큼 생동감 있는 묘사를 하고 있다는 것. 그러나 아름다운 경치를 대하고 심지어 그것들의 아름다움을 읊고 있는 중에도 지난날을 떠올림에 문득 솟구치는 고향에 대한 그리움, 그것은 단 두 줄로나마 표현하지 않으면 안 될 어쩔 수 없는 것이었나 보다.

자(字)는 원지(元之), 제주(濟州) 거야(鉅野) 지금의 산동성 사람, 좌습유(左拾遺), 한림학사(翰林學士) 등을 역임하였고 북송 초기의 평이하고 현실성이 결여되어 있었던 시풍을 만회하려는 노력을 기울임. 그는 두보와 백거이의 시를 제창하였으며 특히 백거이를 본받은 대표적인 북송 시인임. 《소축집(小畜集)》이 전함.

 # 晚泊岳陽 *歐陽修 | 늦은 밤 악양에서

누워서 악양성 안의 종소리를 듣고

배는 악양성 아래 나무에 매어 두었네.

마침 텅 빈 강에 밝은 달 나오는 것 보이고

구름 낀 강물은 아득하여 뱃길 잃어버리겠네.

밤 깊어 강물 위의 달은 맑은 빛을 희롱하고

강 위의 사람들 달빛 아래 노래 부르며 돌아가네.

유장한 곡조 다 듣지 못했는데

가벼운 배 짧은 노 저어 날듯이 가 버리네.

臥聞岳陽城裏鐘, 繫舟岳陽城下樹.

正見空江明月來, 雲水蒼茫失江路.

夜深江月弄淸輝, 水上人歌月下歸.

一闋聲長聽不盡, 輕舟短楫去如飛.

岳陽城(악양성): 악주(岳州) 파릉(巴陵: 지금의 호남성(湖南省) 악양현(岳陽縣)).
蒼茫(창망): 광활하여 끝이 없는 모양.

작자가 좌천되어 가는 도중에 쓴 작품으로 여행길에서 느껴지는 나그네의 쓸쓸함을 잘 드러내었다. '텅 빈 강'[空江]으로 대변되는 작자의 외로움을 달래줄 밝은 달이 나왔지만, 다시 돌아가지 못할지도 모른다는 생각에 달의 위로를 받을 마음의 여유가 없다. 이런 가운데 어부가를 부르며 눈앞에 나타난 사람들은 반갑기 그지없다. 그러나 그들의 노래가 채 끝나기도 전에 순식간에 날 듯이 떠나가 버리는 것이 아쉽기만 하구나!

자(字)는 영숙(永叔), 길수(吉水: 지금의 강서성에 속함) 사람으로 호는 취옹(醉翁), 육일거사(六一居士). 당송팔대가(唐宋八大家) 가운데 한 사람으로 송대(宋代)에 산문·시·사 부문에서 모두 뛰어난 성취를 이룬 작가. 송나라 초기의 서곤체(西崑體)를 개혁하고 당대(唐代) 한유를 모범으로 하는 시문(詩文)을 지음.

푸른 나무 뒤얽인 곳에 산새들 지저귀고
비 개인 뒤 부는 바람에 떨어진 꽃 흩날리네.
노래하는 새, 춤추는 꽃과 함께 태수는 취해 있는데
내일 술에서 깰 때 봄은 이미 돌아갔겠지.

綠樹交加山鳥啼, 晴風蕩漾落花飛.
鳥歌花舞太守醉, 明日酒醒春已歸.

蕩漾(탕양): 바람에 가볍게 흩날리는 모양.

붉은 나무 푸른 산에 날 저물려 하는데
넓은 들 풀빛의 푸름은 끝이 없네.
노니는 이는 봄 저무는 것 관여하지 않고
정자 앞을 오가며 낙화를 밟고 있구나.

紅樹靑山日欲斜, 長郊草色綠無涯.
遊人不管春將老, 來往亭前踏落花.

詩 감상 풍락정은 구양수가 경력(慶曆) 6년, 풍산(豐山) 이래 세운 것으로 이 시에서는 작자가 그곳에서 바라보고 느낀 봄 경치를 노래하였다. 1수에서는 짧은 봄이 빨리 지나가는 것에 대한 아쉬움을, 3수에서는 봄을 사랑하는 마음에 저물어 가는 봄 경치 속에서도 낙화를 밟으며 마지막 남은 봄을 즐기고 있음을 그렸다. 그의 필하에서 그려진 봄 경치의 아름다움은 남다른 시어를 구사하지 않은 속에서 담담하게 그려졌지만, 작자가 전하고자 했던 봄 경치에 대한 여러 감정은 있는 그대로 느껴진다. 평이함 속에 담겨 있는 심오한 정이 느껴지는 것이 구양수 시의 진미(眞味)를 드러내는 대표작이라 할 만하지 않은가.

紅樹(홍수): 붉은 꽃이 피어 붉게 보이는 나무.

파산은 누각의 동쪽
진령은 누각의 북쪽.
누각 위에서 주렴을 걷어보니
누각에 온통 구름뿐이더라.

巴山樓之東, 秦嶺樓之北.
樓上卷簾時, 滿樓雲一色.

巴山(파산): 대파산맥(大巴山脈), 파령(巴嶺) 또는 대파산(大巴山)이라고도 함.
秦嶺(진령): 진령산맥.

정확히 어느 계절인지는 짐작할 수가 없다. 일년 중 어느 계절, 어느 날, 작자는 망운루(望雲樓)에 올라 멀리 바라다보이는 경치를 단순한 시어 스무 자로 표현하였다. 그림에 능했던 그를 떠올리려니, 화려한 수채화보다는 담담하고 무게 있는 수묵화 한 폭이 머릿속에 떠오른다.

자(字)는 여가(與可), 재주(梓州) 영태[永泰: 지금의 사천성 염정(鹽亭)] 사람으로 세인(世人)들은 문호주(文湖州)라고 하기도 했음. 문인(文人)으로서뿐만이 아닌 '문동의 4절'이라 하여 '시(詩)·초사(楚詞)·초서(草書)·화(畵)' 모두에 능통하였음. 자연스럽고 질박한 것을 추구한 그의 시풍은 북송 초기 시의 풍격에 가까움. 《단연집(丹淵集)》이 전함.

파도는 구름같이 물러갔다가 다시 돌아오고
북풍 불기 시작하자 들리는 천둥소리.
붉은 누각 사면에 발을 고리에 걸고
누워 바라보니 온 산에 소나기 오려 하는구나.

海浪如雲去却回, 北風吹起數聲雷.
朱樓四面鉤疏箔, 臥看千山急雨來.

鉤疏箔(구소박): 성긴 발을 고리에 걸다, 즉 바깥 풍경을 보기 위해 안에 있는 사람이 발을 걷어올려 고리에 거는 것을 의미.

해가 지는 서쪽에 위치하고 있는 누각이니, 저물녘이면 아마도 누각은 붉은 석양에 물들 것이다. 그래서 '붉은 누각(朱樓)'이라고 했을 것이다. 붉은 누각에 올라 시선을 약간 아래쪽으로 돌리면 바다가 보인다. 그 바다를 바라보고 있노라니 북쪽에서 불어오는 바람이 느껴지고 천둥소리 또한 들리는데, 금방이라도 비가 쏟아지려는 듯하다. 아직은 소나기가 내리지 않을 때의 풍경을 노래하였지만, 그 배경설명만으로도 앞으로 내릴 소나기의 강도를 짐작할 수 있을 정도이니, 그 묘사가 얼마나 생생한 것인지.

자(字)는 자고(子固), 남풍(南豊: 지금의 강서성에 속함) 사람으로 '남풍선생(南豊先生)'이라고도 불림. 당송팔대가(唐宋八大家) 중 한 사람으로 시보다는 산문으로 유명함. 그의 시문집으로는 《원풍유고(元豊類稿)》가 전함.

비 지나간 뒤 연못의 물은 둑을 넘칠 듯하고
높은 산에서 어지러이 내려와 동서로 길을 만들었네.
한번 활짝 피었던 복숭아꽃 오얏꽃은 다 지고
오직 파릇한 풀빛만 가지런하구나.

雨過橫塘水滿堤, 亂山高下路東西.
一番桃李花開盡, 惟有靑靑草色齊.

橫塘(횡당): 옛날 제방의 이름, 여기서는 고유명사가 아닌 일반 연못을 뜻함.

詩
감상

비 온 직후 산의 모습을 묘사하였다. 흠뻑 내린 비에 연못의 물
이 불어 둑을 넘을듯 말듯하고 산꼭대기에서는 빗물이 여러 갈래
로 나뉘어 산 아래쪽으로 흐른다. 비오기 전에는 울긋불긋 파릇파릇했던 꽃
과 풀들… 비가 지나간 후 풀은 그대로이나 꽃은 다 떨어졌음을 바라보며
생명력에 대한 시인의 견해를 은근하게 드러낸 듯하다.

한바탕 비 지나간 뒤 연못물 잔잔한데
거울같이 맑아 처마 그림자 비친다.
동풍이 홀연 불어 수양버들 춤추니
다시 연꽃에 물방울 떨어지는 소리 들리네.

一雨池塘水面平, 淡磨明鏡照簷楹.
東風忽起垂楊舞, 更作荷心萬點聲.

荷心(하심): 연꽃의 중심, 즉 연꽃을 가리킴.

비 온 뒤의 연못과 연꽃, 그리고 그 수면 위에 비친 수양버들의 모습을 잘 묘사하였다. 비 온 뒤의 맑고 시원한 공기와 물방울 맺힌 연꽃 등 경물을 묘사한 것이 눈앞에 그려지는 듯 생생하여 과연 영물묘사에 뛰어난 시인이라 하기에 충분하다 할 만하다.

자(字)는 공부(貢父), 신유[新喩: 지금의 강서성 신여(新餘)] 사람으로 사학자(史學者)로 유명함. 구양수의 시풍에 영향을 받은 그의 작품은 영물(詠物)과 서경(敍景)에 뛰어남.《팽성집(彭城集)》이 전함.

이제 막 날 개어 파릇한 이끼 땅에 가득하고
낮잠 끝에 인적은 없고 나무만 푸르더라.
남풍만이 예부터 서로 알았다는 듯
몰래 문 열고 들어와 책장을 넘기는구나.

青苔滿地初晴後, 綠樹無人晝夢餘.
惟有南風舊相識, 偸開門戶又翻書.

晝夢(주몽): 낮에 꾸는 꿈, 여기서는 작자의 낮잠을 의미.

오랫동안 쉼없이 내리던 비가 드디어 그쳤다. 비가 그치고 나니 땅에는 이끼가 더욱 푸르고 무성하다. 이런 여름 어느 날, 낮잠 한숨 자다 깨어보니 사람은 없고 푸른 나무만 우거져 있다. 남풍만이 거리낌 없이 찾아오는 옛 친구처럼 방으로 들어와 책장을 넘긴다. 이러한 풍경 속에서 한가로움을 만끽하고 있는 시인의 모습이 눈앞에 선하다. 숨 가쁘게 돌아가는 요즘 세상에 누군들 이러한 여유를 부러워하지 않으랴.

가로로 보면 고개, 옆으로 보면 봉우리
멀리서 가까이서 높이서 낮은 곳에서 각기 다른 모습이네.
여산의 진면목을 알 수 없는 건
다만 이 몸이 이 산 속에 있기 때문이겠지.

横看成嶺側成峰, 遠近高低各不同.
不識廬山眞面目, 只緣身在此山中.

'여산진면목'(廬山眞面目: 너무도 깊고 그윽하여 그 진면목을 알 수 없음)이라는 성어가 바로 이 시에서 비롯된 것이다. 기회가 된다면 필자가 가지고 있는 여산의 모습을 사진으로나마 보여주고 싶지만, 허락되지 않는다면 독자들에게 한번쯤 중국의 여산 관광이나 여산의 풍경이 담긴 사진을 보라고 권하고 싶다. 그런 후에 그리도 멋진 모습을 시인이 왜 이 정도로밖에 언급하지 않았을지에 대해 조금이나마 추측해보기를 바란다.

자(字)는 자첨(子瞻), 호는 동파거사(東坡居士), 미주(眉州) 미산(眉山: 지금의 사천성 미산) 사람으로 아버지 소순(蘇洵)과 동생 소철(蘇徹)과 함께 당송팔대가로 유명한 산문 문장가. 또한 송대 시단(詩壇)에서 황정견(黃廷堅)과 '소황'(蘇黃)으로 병칭될 만큼 이름난 시인이기도 함. 서정(敍情) 뿐만이 아닌 철학적 요소가 짙은 시경(詩境)을 개척하였고 《소농파전집(蘇東坡全集)》·《소식시집(蘇軾詩集)》 등에 3000여 수가 전함.

사방을 둘러보니 산과 강이 닿아 있고
난간에 기대서니 십 리가 마름과 연꽃 향기일세.
맑은 바람과 밝은 달은 관리하는 사람 없건만
함께 더불어 남루의 시원함 만들어 주는구나.

四顧山光接水光, 憑欄十里芰荷香.
清風明月無人管, 併作南樓一味涼.

鄂州(악주): 지금의 호북성 무창(武昌).

어느 밤, 시인은 악주의 남루라는 누각에 올라 내려다 보이는 풍경을 보고 그 모습을 노래하였다. 고대 중국의 시인들은 기쁘거나 슬프거나 외롭거나 어느 때건 누각에 올라 풍경을 바라보며 마음에 위로를 삼았던 것 같다. 과연 오늘날 사람들은 자신의 감정을 어떻게들 드러내고 있을지 문득 궁금해진다.

자(字)는 노직(魯直), 홍주(洪州) 분녕[分寧: 지금의 강서성 수수현(修水縣)] 사람으로 스승인 소식과 함께 시인으로 명성 높았음. 시를 짓기 위해서는 반드시 전인(前人)들의 글을 많이 읽고 훌륭한 점을 적극 계승하고 적절히 변형하여 참신한 자신의 구절로 만들어야 한다는 '점철성금'(點鐵成金), '환골탈대'(換骨奪胎) 등의 창작수법을 주장하였고 이는 송대 시인들에게 많은 영향을 미쳐 '강서시파'(江西詩派)'가 형성되있음. 《산곡집(山谷集)》이 전함.

028_ 秋日 * 秦觀 | 가을날

서리 내려 한구에 고인 물 맑고
수없이 많은 차가운 별빛 배 곁에 밝게 비추네.
깊은 곳이라 들과 뭍들 없나 했는데
홀연 인가의 웃음소리 들려오네.

霜落邗溝積水淸, 寒星無數傍船明.
菰蒲深處疑無地, 忽有人家笑語聲.

邗溝(한구): 지금의 강소성 양주에서 고우(高郵)를 지나 회안(淮安)까지 이어지는 운하를 가리킴.

서리 내리던 어느 깊은 가을날 밤, 맑은 하늘에는 무수한 별들
이 차가운 가을밤의 기운을 담고 밝게 빛나고 있다. 고요함 사이
로 문득 들려오는 사람의 웃음소리. 누군들 평화로운 가을밤 시골 인가(人
家)의 풍경을 눈앞에 떠올리지 않겠는가.

자(字)는 소유(少游), 호는 회해거사(淮海居士), 양주(揚州) 고우(高郵:
지금의 강소성 고우) 사람. 문학활동에 있어서의 그의 성취는 고문(古文)
과 시에 뛰어났지만 그보다는 중국 고전문학의 장르 가운데 하나인 사(詞)로 명
성이 높았음. 소식의 문하(門下)에 있으면서 황정견 · 장뢰(張耒) · 조보지(晁補之)
등과 함께 '소문사학사'(蘇門四學士)로 일컬어짐. 시문집으로는 《회해집(淮海集)》
이 전함.

봄날 전원의 여러 가지 흥취

버들솜 날리는 깊은 골목에 대낮 닭 울음소리
뽕잎은 뾰족이 새로 돋았지만 아직 녹음 이루지는 못했네.
앉아서 졸다가 깨어나서는 할 일 없어
창 가득히 맑은 햇빛 아래서 누에 생기는 것 구경하네.

柳花深巷午鷄聲, 桑葉尖新綠未成.
坐睡覺來無一事, 滿窓晴日看蠶生.

蠶生(잠생): 누에씨에서 누에가 생겨나는 것.

지은이 자(字)는 치능(致能), 호는 석호거사(石湖居士). 오군[吳郡: 지금의 강소성 소주(蘇州)] 사람으로 육유(陸游)·양만리(楊萬里)·우무(尤袤)와 더불어 '남송사대가'(南宋四大家)로 유명. 여러 벼슬을 역임한 후 고향으로 돌아가 석호(石湖) 가에 별장을 짓고 자연을 벗삼아 그것들을 소재로 한 시를 지었음. 이는 도연명이나 위응물의 자연시에 가까운 시풍을 지님. 《석호시집(石湖詩集)》이 전함.

 # 晩春田園雜興 * 范成大
늦봄 전원의 여러 가지 흥취

나비 쌍쌍이 풀꽃 속으로 날아들고
해는 긴데 농가에는 찾아오는 손님 없네.
닭은 날아 울타리 넘어가고 개는 개구멍에서 짖으니
행상이 차를 사러 왔음을 알겠구나.

> 胡蝶雙雙入菜花, 日長無客到田家.
> 鷄飛過籬犬吠竇, 知有行商來買茶.

籬(리): 울타리.
竇(두): 울타리에 난 개구멍.

031_ 冬日田園雜興 * 范成大
겨울날 전원의 여러 가지 흥취

소나무 가지 송진 태워 초롱으로 삼으니
그을음 연기 먹과 같아 방 창문 어둡게 하는구나.
저물녘 남창의 종이 깨끗이 닦으니
곧 석양이 훨씬 붉게 느껴지누나.

松節然膏當燭籠, 凝煙如墨暗 房櫳.
晚來拭淨南窓紙, 便覺斜陽一倍紅.

詩감상 범성대는 농촌 풍경을 계절에 따라 봄, 여름, 가을, 겨울 각각을 주제로 삼아 시를 지었는데, 《사시전원잡흥(四時田園雜興)》을 제목으로 모두 60수의 시를 지었다. 이 사실만으로도 그가 얼마나 농촌을 남달리 아름다운 눈으로 바라보았으며, 그곳에서의 생활 자체를 얼마나 즐겼는지 필자도 독자도 짐작할 수 있을 것이다.

松節(송절): 소나무의 마디.
然(연): '연'(燃: 태우다)의 의미로 쓰임.
膏(고): 송진.
凝煙(응연): 연기가 응고된 것, 그을음.

동산의 꽃은 다 지고 길가의 꽃 피었는데
하얗게 붉게 제각기 뽐내고 있구나.
이른 아침 경치 아름다운 곳 찾아가느냐고 묻지 않아도
사방팔방에서 들꽃 향기 풍겨오네.

園花落盡路花開, 白白紅紅各自媒.
莫問早行奇絶處, 四方八面野香來.

굳이 필자가 감상을 붙이지 않아도 될 듯하다. 시인은 자신의 눈앞에 펼쳐진 풍경을 한껏 감상하면서 있는 그대로를 노래하였다. 시인의 세심한 관찰력과 담백한 필치를 충분히 느낄 수 있는 작품이라 하겠다.

자(字)는 정수(廷秀), 호는 성재(誠齋), 길주(吉州) 길수(吉水: 지금의 강서성에 속함) 사람으로 창작활동 초기에는 강서시파(江西詩派)의 시풍을 추구하였으나 후에는 당시(唐詩)를 본받아 자유롭고 가벼운 시를 썼음. 그는 특이하게도 한 가지 관직을 역임할 때마다 시집 한 권을 썼는데, 원대(元代)의 비평가 방회(方回)는 이러한 양만리의 특징에 대해 《영규율수(瀛奎律髓)》에서 "한 벼슬마다 한 시집을 냈고, 매 시집마다 반드시 한 가지의 변화가 있다"(一官一集, 每一集必一變)라고 이야기한 바 있음. 시 4200여 수가 전하고 《성재집(誠齋集)》이 전함.

둘... 그리운 마음으로

저 멀고 멀리에 견우성 환하게 반짝이는 직녀성.
부드럽고 하얀 손 놀려 찰칵거리며 베북을 움직인다.
종일 짜도 한 폭도 짜지 못하고 눈물만 비 오듯 흐른다.
은하수 맑고도 얕은데 서로 떨어진 거리는 얼마나 되는가.
일렁이는 물줄기 사이에 두고 바라만 볼 뿐, 말 한마디 나누지 못한다.

- '견우와 직녀' 全文 -

꾸우꾸우 우는 물수리새
모래톱 위에 앉아 있네.
아리따운 아가씨는
군자의 좋은 짝이라네.

들쭉날쭉 노랑어리연꽃
이리저리 물결 따라 흔들리네.
아리따운 아가씨를
자나깨나 구한다네.

구해도 얻지 못하여
자나깨나 생각하나니.
길고도 긴 밤에
잠 못 이뤄 이리 뒤척 저리 뒤척한다네.

들쭉날쭉 노랑어리연꽃
이리저리 따 담네.
아리따운 아가씨는
비파와 거문고 벗 삼는다네.

물 위의 노랑어리연꽃
이리저리 삶아 낸다네.
아리따운 아가씨는
북과 둥 울리며 즐긴다네.

關關雎鳩, 在河之洲. 窈窕淑女, 君子好逑.
參差荇菜, 左右流之. 窈窕淑女, 寤寐求之.
求之不得, 寤寐思服. 悠哉悠哉, 輾轉反側.
參差荇菜, 左右采之. 窈窕淑女, 琴瑟友之.
參差荇菜, 左右芼之. 窈窕淑女, 鍾鼓樂之.

중국 최고의 시집이라 할 수 있는 《시경(詩經)》에 실린 첫 번째 작품으로, 사랑을 노래한 애정시의 대표작이다. '아리따운 아가씨[窈窕淑女]'를 연모하는 남성을 주체로 하여 남녀의 사랑을 풍성하고도 자연스럽게 그려내었다. 연꽃의 모습과 처녀의 모습을 번갈아 묘사함으로써 시적인 분위기를 그린 가운데, "사랑이 점차 무르익어가는 과정을 그린 것"이라는 평(評)이 일반적이다. 그러나 필자는 '흠모하는 여인의 모습을 바라보고 있는 한 남자의 시선'을 그려낸 작품으로 볼 수 있지 않을까 생각한다. 이 시를 감상하며 그 옛날의 사랑을 짐작할 수 있으니 오늘날의 사랑과 한 번쯤 비교해 보는 것은 어떨까.

《詩經》

중국 최초의 순수문학으로, 《시(詩)》《삼백편(三百篇)》 등으로 불리다가 공자(孔子)에 의해 육경(六經)에 편입됨. 주로 중국 북방 황하유역에서 유행하던 노래를 약 500여년에 걸쳐 수집한 시가집(詩歌集).

關關(관관): 암수의 새가 서로 응하는 소리.
雎鳩(저구): 물가에 사는 물수리.
洲(주): 강 가운데의 섬, 모래톱.
參差(참치): 가지런한 모양.
荇菜(행채): 노랑어리연꽃(수초(水草)).

사모하는 님은
넓은 바다 건너 남쪽에 있다네.
님에게 무엇 필요한가 물으니
대모로 만든 쌍옥 비녀라 하기에
비녀를 옥으로 둘러싸 장식했네.
님에게 다른 마음이 있다 하여
옥을 깨뜨려 불 태워버리고는
불살라 바람에 재로 날려버렸네.
이제부터
다시는 님 생각하지 않으리
사모하던 님과의 연 끊어버리리.
닭 울고 개 짖는데
형수도 응당 알고 있으리라.
아!
소슬한 새벽 바람 싸늘하고
높이 뜬 태양만은 이 마음 알아주겠지.

瑇瑁(대모): 바다거북의 등껍질이 윤이 나므로 비녀 등 각종 장식용품을 만드는 데 사용하였음.
雙珠(쌍주): 비녀의 양쪽 끝에 구슬을 매달아 장식하였기 때문에 이른 말.
呼狶(호희): 탄식하는 소리.

有所思, 乃在大海南.

何用問遺君, 雙珠瑇瑁簪, 用玉紹繚之.

聞君有他心, 拉雜摧燒之,

摧燒之, 當風揚其灰.

從今以往, 勿復相思, 相思與君絕.

鷄鳴狗吠, 兄嫂當知之.

妃呼狶!

風肅肅晨風颸, 東方須臾高知之.

詩 감상

한 어인이 변심한 남자와의 이별을 다짐하는 모습을 묘사한 애정 민가이다. 님을 위해 꾸미고 또 꾸민 옥 상식의 비녀를 '깨부수고 불태운'(摧燒) 행동과 화자의 어투를 통해 여인의 애정이 얼마나 깊었는지를 짐작할 만하다. 단순하면서도 소박한 표현으로 작품을 서술하였지만, 독자로 하여금 여주인공의 분노와 원한, 동시에 사랑의 좌절을 겪은 처량하고 비통한 심정을 충분히 느끼게 함은 물론, 더 나아가 그 심정에 십분 동화될 뿐만 아니라 함께 흥분하게까지 하고 있다.

《漢樂府》

한(漢)의 통일 이후, 북방적 성격을 지닌 《시경(詩經)》 계통의 시가(詩歌)를 주로 하여 남방적인 시가를 결합시킨 새로운 형태의 시가양식을 '악부시(樂府詩)'라 하였음. 악부시는 민가적인 특성이 강하기 때문에 시어(詩語)가 평이하고 음악성을 기반으로 하는 경우가 많음.

 沼沼牽牛星 *古詩十九首 │ 견우와 직녀

저 멀고 멀리에 견우성
환하게 반짝이는 직녀성.
부드럽고 하얀 손 놀려
찰각거리며 베북을 움직인다.
종일 짜도 한 폭도 짜지 못하고
눈물만 비 오듯 흐른다.
은하수 맑고도 얕은데
서로 떨어진 거리는 얼마나 되는가.
일렁이는 물줄기 사이에 두고
바라만 볼 뿐, 말 한마디 나누지 못한다.

沼沼牽牛星, 皎皎河漢女. 纖纖擢素手, 札札弄機杼.
終日不成章, 泣涕零如雨. 河漢淸且淺, 相去復幾許.
盈盈一水間, 脈脈不得語.

沼沼(초초): 아득히 멂.
皎皎(교교): 별빛이 밝게 빛나는 모양.
牽牛星(견우성): 은하의 남쪽에 위치.
河漢女(하한녀): 하한(河漢)은 은하수를 뜻하고, 하한녀(河漢女)는 직녀성을 가리킨다. 은하의 북쪽에
있으며, 정반대 쪽에 견우성이 마주하고 있음.
札札(찰찰): 베틀 소리.
盈盈(영영): 물이 출렁출렁 넘실거리는 모양.
脈脈(맥맥): '서로 바라봄'의 의미.

최초로 견우와 직녀의 신화를 소재로 취하여 쓴 작품이다. 자신이 사랑하는 님과 떨어져 지내는 고통을, 은하의 양쪽 끝에서 서로 바라만 보며, 가까이하고자 하여도 그럴 수 없는 견우성과 직녀성에 비유함으로써 남녀간 생이별의 슬픔과 한스러움을 토로하였다. 끊임없이 베틀을 짜는 여인의 행동은 님을 그리워하는 마음을 달래기 위함인데, 종일토록 열심히 베북을 움직여 베를 짜는데도 한 폭도 짜지 못함은 님에 대한 그리움에 종지부를 찍지 못함을 암시하고 있는 것이다. '迢迢·皎皎·纖纖·札札·盈盈·脈脈' 등의 첩어를 사용하여 시적 감정을 형용함으로써, 리듬감 있게 효과적으로 여인의 심정을 전달하였다.

《古詩十九首》

본격적인 문학양식으로 자리잡은 5언 고시(古詩). 직자 미상이나 내용으로 보아 한말(漢末), 중하층 문인(文人)들이 지은 것으로 보임. 주로 어지러운 시기였던 동한말(東漢末) 사회를 배경으로 전개된 남녀 관계를 주제로 다루었음. 세련된 시형으로 복잡한 정서 표현에 성공하여, 운문문학 양식으로 성장하는 계기가 되었음.

가을바람 스산하고 날씨도 서늘하니
초목은 시들어 잎이 떨어지고 이슬은 서리되네.
무리지은 제비들 돌아가고 기러기는 남쪽으로 날아가는데
그대의 나그네 생활 생각하니 애간장 끊어지는구나.
울적해하며 고향 그리워하면서
그대 어찌 타향에 오래 머무시는가.
천한 이 몸 쓸쓸히 빈 방 지키며
근심 속에 그대를 잊지 못해
나도 모르게 흐르는 눈물에 옷 적시곤 한다네.
거문고 끌어다가 청상곡을 울리며
짧은 노래만 나직하게 읊조릴 뿐 길게 부를 수도 없구나.
밝은 달빛 환하게 나의 침상 비추고
은하수 서쪽으로 흐르니 밤 아직 다하지 않았구나.
견우성 직녀성도 멀리나마 서로 바라보고 있는데.
그대는 홀로 무슨 죄로 은하수 다리에 막혔는가.

秋風蕭瑟天氣凉, 草木搖落露爲霜.
群燕辭歸鵠南翔, 念君客游多思腸.
慊慊辭歸戀故鄕, 君何淹留寄他方.
賤妾煢煢守空房, 憂來思君不敢忘, 不覺淚下霑衣裳.
援琴鳴弦發淸商, 短歌微吟不能長.
明月皎皎照我床, 星漢西流夜未央.
牽牛織女遙相望, 爾獨何辜限河梁.

남편과 떨어진 여인이 잠 못 이루는 깊은 밤, 남쪽으로 날아가는 기러기를 바라보며 읊조린 시이다. 연(燕) 땅에서 유랑하며 오래도록 돌아오지 않는 남편을 그리워하며 독수공방하는 여인의 모습과 심정을 묘사하였다. 전란으로 인해 정벌을 나간 남편을 그리워하는 부인의 모습은 전란이 끊이지 않던 건안(建安) 시기의 보편적인 사회현상이었다. 과부 아닌 과부가 되어 버린 당시 여인들의 심정이 어떠했을지 이와 같은 작품을 접함으로써 조금이나마 짐작할 수 있을 것이다.

조조(曹操)의 두 아들[曹植, 曹丕] 중 한 명으로 위(魏)나라를 건국하여 스스로 왕위에 올랐던 인물. 그의 시는 문인적인 섬세하고 세련된 모습을 보였으며, 칠언고시(七言古詩) 발전에 큰 역할을 한 작품인 〈연가행(燕歌行)〉으로 유명함.

慊慊(겸겸): 마음이 즐겁지 않음.
河梁(하량): 본뜻은 하천에 놓인 다리. 여기서는 은하수를 의미함. 전설속의 견우와 직녀는 서로 통하는 다리가 없어 은하수를 사이에 두고 서로 마주보고 있었다고 함.

처음 님을 사귀었을 때에는
두 마음 하나 같았거니
마음 다스리고 짜던 베를 대하지만
한 필도 못 짤 들 뉘 알았으랴

始欲織郎時, 兩心望如一.
理絲入殘機, 何悟不成匹.

絲(사): 실. 異字諧音(이자해음: 글자는 다르나 뜻이 같은 것)으로 '생각하다'(思)의 의미를 내포.
匹(필): 베의 길이 단위. 同字別意(동자별의: 글자는 같으나 뜻이 다른 것)로 '배필'(配匹)의 의미도 지님.

진대(晉代)에 오(吳)에 살던 '자야'라는 여인의 노래 음조가 애절하여 그 곡조를 〈자야가(子夜歌)〉라고 하였는데, 현존하는 〈자야가〉는 모두 42수로 대부분 남녀의 사랑을 노래한 것이다. 악부 민가의 특징 중 하나인 쌍관어(雙關語)를 사용하고 있다. 쌍관어란 글자는 다르지만 음이 같은 것[異字諧音]과 글자는 같으나 뜻이 다른 것[同字別意] 두 가지가 있다. 이에 따라, 본 시에서는 '실 매만져 짜던 베틀 대하지만, 한 필도 못 짤 줄 뉘 알았으랴'(理絲入殘機, 何悟不成匹)라는 구절이 '님 생각 정리하며 베틀에 오르지만, 서로 결합되지 못할 줄 그 누가 알았으랴'라는 의미를 함축하고 있는 것이다. 이러한 쌍관어를 사용함으로써, 노골적으로 묘사하기 어려운 남녀관계를 오히려 독자로 하여금 더욱 풍부한 감정으로 대하게 하는 효과를 거두었다.

《南北朝民歌》

《시경(詩經)》과 악부시(樂府詩)의 맥을 이은 작품으로 사대부의 시문과 별도로 서민들 사이에서 유행한 민간 가요. 서정적이고 섬세하며 여성적인 연가(戀歌)가 대부분인 남조(南朝) 민가와 소박하고 강인하며 현실문제에 대해 직선적으로 표현한 북조(北朝) 민가로 나뉨.

 |이별의 노래

말을 타되 채찍을 들지 않고
도리어 버들가지 꺾어 썼네.
말에서 내려 피리 부니
나그네 수심에 젖게 하네.

> 上馬不捉鞭, 反折楊柳枝.
> 下馬吹長笛, 愁殺行客兒.

楊柳(양류): 옛날에는 전송할 때 버드나무 가지를 꺾어 이별의 증표로 삼았음. 따라서 이 시에서도 나그네가 버들가지를 꺾는 행위는 이별을 상징함.

 첫 연에서는 버들가지를 꺾어 전송하는 나그네를 그렸고, 이로 인한 이별의 아픔과 슬픔을 '피리 불고 수심에 젖는'이라는 표현을 통해 두 번째 연에서 나타내었다. 작자가 애써 슬픔을 억누르고 극복하고자 하고 있지만 독자로서는 작자의 그러한 노력이 더 가슴 아프게 느껴질 수도 있으리라.

039 九月九日憶山東兄弟 * 王維
9월 9일 산동의 형제를 그리며

홀로 타향에서 외로운 나그네 되니
명절때면 부모 형제 그리움 배가 되네.
지금쯤 형제들 높은 곳에 올라
수유 꽂다가는 문득 한 사람 모자란 줄 알겠지.

獨在異鄕爲異客, 每逢佳節倍思親.
遙知兄弟登高處, 徧揷茱萸少一人.

九月九日(구월구일): 중양절(重陽節), 이 때는 사악한 기운을 쫓기 위해 높은 산에 올라 수유 가지를 머리에 꽂고 국화주를 마시며 장수를 빌었다고 함.

山東(산동): 화산(華山)의 동쪽 지역 또는 왕유(王維)의 고향 포(蒲). 지금의 산서 영제(永濟)를 말한다고 하는데 함곡관의 동쪽 지역을 가리킴.

兄弟(형제): 《신당서(新唐書)·재상세계표(宰相世系表)》에 "분주사마에게 다섯 아들이 있었는데, 유·진·천·굉·담이다"(汾州司馬, 五子維縉繟紘紞)라고 하여 왕유는 다섯 형제이고 맏이로서 형이 없었음을 알 수 있으나, 저광희(儲光羲)의 〈답왕십삼유(答王十三維)〉의 제목으로 볼 때 왕유 위로 12명의 형이 있었음을 짐작할 수 있으므로 여기서도 형제로 해석할 수 있음.

少(소): 적음, 부족함. 여기서는 온 식구가 모인 자리에 왕유가 빠져 있음을 가리킨 것임.

一人(일인): 한 사람. 여기서 말하는 한 사람은 왕유 자신을 가리킴.

시인은 중양절에 타향에서 고향의 형제들을 그리워하고 있다. 당시 명절의 풍속을 통해 자신만 형제들과 함께 자리하지 못하는 아쉬움을 그림으로써 타향에서의 외로움과 그리움의 정도를 더하였다. 타향이나 타국에 있을 때면 문득 문득 떠오르는 것이 고향에 대한 그리움, 부모 형제에 대한 그리움이다. 홀로 타향에서 중양절이라는 명절을 맞이하였으니 얼마나 외롭고 그리웠을지…. 부족하게나마 필자의 경험을 미루어 볼 때, '외로운 나그네 된[爲異客]' 마음을 짐작할 만하다.

자(字)는 마힐(摩詰) (699~759)이며 태원(太原) 기(祁), 17쪽 참조.

비파도 춤에 맞추어 새 곡으로 바꿨으나
모두가 고향과의 옛 이별을 노래하니
변방의 슬픔으로 차마 다 듣지 못하고
높고 높은 가을 달만이 장성을 비추는구나.

琵琶起舞換新聲, 總是關山舊別情.
撩亂邊愁聽不盡, 高高秋月照長城.

악부(樂府)의 제목을 빌려 쓴 변새시(邊塞詩) 7수 가운데 하나이다. 오래 전 고향과 이별한 후 변방에서 비파곡을 새로운 곡으로 바꿔 보았으나 역시 슬픈 곡뿐이다. 이별의 슬픔을 잊기 위해 안간힘을 쓰지만 잊으려 해도 고향에 가고픈 간절한 마음은 끝이 없어, 곡을 차마 다 듣지 못할 정도로 깊은 수심에 빠져 든다. 고향의 가족을 생각나게 하는 '가을달'(秋月)만이 시인이 서 있는 만리장성 위에 높이 떠서 위안을 줄 뿐이다. 그러나 이 달 역시 여전히 돌아갈 수 없는 고향과의 거리만큼이나 멀리 하늘 높이 떠 있으니, 이 역시 변방에서 고향을 그리워하는 심정을 부각시키기 위한 소재라 할 수 있겠다.

자(字)는 소백(少伯), 경조(京兆 : 지금의 섬서성 서안) 사람. 개원(開元) · 천보(天寶) 연간에 활동하며 한 시대를 풍미한 시인이며, 시론(詩論)에 관한 저서인 《시격(詩格)》이 전함. 그는 절구(絕句)에 뛰어났으며 특히 7언 절구에 능하였음. 또한 내용면에 있어서는 '변새시'(邊塞詩)로 잘 알려져 있으며 《전당시》에 183수가 전함.

 逢入京使 * 岑參 │ 장안으로 가는 사신을 만나

고향 있는 동쪽 바라보니 길은 눈물로 아득히 멀기만 하고
양 소매 적시는 눈물 마르지 않네.
말 위에서 사귈 만났으나 종이도 붓도 없어
그대에게 부탁하노니 나는 편안하다 말 전해 두시게.

故園東望淚漫漫, 雙袖龍鍾淚不乾.
馬上相逢無紙筆, 憑君傳語報平安.

龍鍾(용종): 본래는 늙어서 초라하고 거동이 느린 모양을 의미하나, 여기서는 눈물이 흐르는 모양을
의미.

 변새시의 두 가지 주요 주제는 변방의 참담한 풍경과 병사나 나
그네의 고향에 대한 그리움인데, 이 작품은 후자에 속한다.

고향 생각에 고향이 있는 동쪽을 바라보지만 아무리 보아도 아득히 먼 곳에
있어 전혀 보이지 않는다. 가고 싶어도 갈 수 없는 고향, 보고 싶어도 볼 수
없는 가족… 이런 생각에 가슴 아파 흐르는 눈물 그치지 않으니 양 소매는
마를 날이 없다. 어쩌다 장안으로 가는 사신을 만나 그 편에 편지라도 보내
볼까 했지만 종이도 붓도 없어 그것마저도 여의치 않으니 할 수 없이 말로
라도 안부를 전한다. 작자는 사신과의 '만남'(相逢)을 통해 가족과의 '만남'
에 대한 기대를 드러내고 있으며 '평안'(平安)이라는 반어적인 시어를 사용
하여 이별의 슬픔을 두드러지게 하였다. 평이한 시어를 사용한 만큼 작자
의 모습 또한 보편적인 그리움의 표현이지만 이러한 솔직한 감정의 표현이
오히려 감정의 절실함을 느끼게 한다.

남양(南陽), 지금의 하남 남양 사람으로 전형적인 문신(文臣)의 명문
집안 출신. 고적(高適)과 더불어 변새시로 유명함. 소재가 광범위하고
내용도 풍부하며 호방하고 웅장한 시풍에 풍부한 상상력과 자유분방함이 묻어
남. 기이하고 아름다운 언어의 사용으로 변화무쌍한 표현이 특징적임.《잠가주집
(岑嘉州集)》이 전하며《전당시》에 360여 수가 전함.

옥돌 계단에 흰 이슬 내려
밤 깊어지자 비단 버선에 스며드네.
내려와 수정 발 내리려다가
영롱한 가을 달 바라보네.

玉階生白露, 夜久侵羅襪.
卻下水精簾, 玲瓏望秋月.

玉階(옥계): 옥돌로 만들었거나 옥으로 아름답게 장식한 섬돌.
卻(각): '각'(却)의 본래 글자로 밤이 깊어 찬이슬이 버선 속까지 스며드니 여인이 규방으로 돌아가려고 뒤로 물러난 것을 의미.
玲瓏(영롱): 곱고 투명한 모양.

어느 가을 깊은 밤, 여인은 홀로 옥으로 장식된 아름다운 섬돌에 서서 님을 기다리며 멍하니 달빛을 바라보느라 밤이 깊은 것도 모른다. 버선에 스며드는 차가운 밤이슬을 느끼고서야 거처하는 방으로 돌아간다. 하지만 돌아와 잠을 청하여도 이루지 못할 밤이기에 수정 발을 내리려다가 또 슬픔을 간직한 채 맑디 맑은 가을 달만 바라본다. 여인의 '원망이 묻어난'(怨) 시어를 제목에서 단 한번 언급하고, 시 속에서는 하나 하나 직접적으로 언급하지 않으면서도 이미지의 암시적 묘사를 통해 여인의 원망을 자연스럽게 드러내었다.

자(字)는 태백(太白), 29쪽 참조.

침상 앞에 든 달빛 보고는
땅에 내린 서린가 했네.
머리 들어 산 위의 달 바라보다가
고개 숙이고 고향 생각한다.

牀前看月光, 疑是地上霜.
舉頭望山月, 低頭思故鄕.

고향을 떠나면 누구나 향수에 젖게 마련. 고향 생각에 잠 못 이루는 어느 밤, 시인은 침상 머리맡에 든 달빛이 하도 밝아 방에 서리가 내렸나 했단다. 머리 들어 밝은 달 바라보다가 저 달을 보며 자신을 걱정하고 있을 고향에 있는 가족들 또한 생각에 더 이상 바라보지 못한 채 고개를 떨구고 고향을 생각한다. 그 표현수단에 있어서는 가을을 암시하는 이슬을 달빛과 같은 흰색으로 표현함으로써 춥고 처량한 계절의 이미지를 잘 살렸다. 단 스무 자로 표현했지만 고향과 가족을 그리는 심정이 어찌 이리도 절실하단 말인가.

月夜 *杜甫 | 달밤

이 밤 부주에도 떠있을 저 달을
규방에서 아내 홀로 바라보리.
멀리서 어린 딸을 가여워한들
장안을 생각하는 마음 알지 못하리.
자욱한 안개는 구름 같은 머리 적시고
맑은 달빛에 옥 같은 팔 차겠소
어느 때라야 엷은 휘장에 기대어
나란히 달빛 받으며 눈물 자국 말려볼까.

今夜鄜州月, 閨中只獨看. 遙憐小兒女, 未解憶長安.
香霧雲鬟濕, 清輝玉臂寒. 何時倚虛幌, 雙照淚痕干.

鄜州(부주): 지금의 섬서 북쪽 지방의 부현(鄜縣)으로 당시 두보의 가족은 부주의 낙교(洛交)에 있었음.
雲鬟(운빈): 구름처럼 땋아 올린 여인의 검은 머리를 형용하는 말.

안록산이 동관(潼關)을 함락하자 현종(玄宗)은 촉(蜀)으로 도망가고 두보는 가족을 데리고 장안 북쪽의 부주에 잠시 머물렀다. 숙종(肅宗) 이형(李亨)이 영무(靈武)에서 즉위하자 두보는 안사(安史)의 반군에 붙잡혀 장안으로 호송되었는데 이 작품은 이 시기에 지은 것으로, 전쟁으로 인해 떨어져 있는 가족을 그리워하는 내용의 전형적인 작품이라 할 수 있다. 특히 아내를 그리는 마음의 표현으로 보여지는 마지막 구에서는, '언제쯤이나 다시 아내와 엷은 휘장을 이불 삼아 두르고 잠자리를 함께 할까나'라는 조금은 은밀한 느낌으로 이해해도 되지 않을까 한다.

자(字)는 자미(子美). 공(鞏), 지금의 하남 장안 근처에서 태어났고 초당(初唐) 때 유명한 시인 두심언(杜審言)의 손자. 성도(成都)에 초당(草堂)을 짓고 은거하다가 검남(劍南)의 절도사 임무(嚴武)에 의탁하여 검교공부원외랑(檢校工部員外郎)에 임명되었기 때문에 '두공부'(杜工部)라고도 불림. 엄무가 죽자 기주(夔州)에서 삼협(三峽)을 지나 호북과 호남을 유랑하다 가난과 병으로 상강(湘江)의 배 위에서 죽음. 그의 삶 자체가 당나라 격동의 시대 변천과 상당 부분 일치하며 그의 시는 이러한 역사의 변화 과정과 당시 사회의 면모를 반영하고 있다하여 그를 '시사'(詩史)라고 칭했다. 이는 사회 현실에 대한 가슴에 맺힌 우울함의 예술적 표현을 나타낸 '침울돈좌'(沈鬱頓挫)로 잘 알려진 그의 시풍(詩風)과도 관계가 있음. 그의 시는 고도의 예술 표현력을 발휘한 명시들이 많고 중국 시가(詩歌)에 있어서 인간주의적인 문학사상의 바탕 위에 정교한 언어와 엄정한 운율로 현실주의 전통을 이어받아 당시 사회의 다양한 모습을 사실주의적인 표현기법을 사용하여 후세 사람들로부터 '시성'(詩聖)이라는 호칭으로 존경 받음.

강물 푸르니 갈매기 더욱 희고
산 푸르니 꽃은 불타듯 붉네.
올 봄도 또 지나감을 바라볼 뿐
어느 날이 돌아갈 해일는가.

江碧鳥逾白, 山靑花欲然.
今春看又過, 何日是歸年.

然(연): '불타다'(燃)의 뜻.

봄을 맞아 푸른 강에는 흰 갈매기들이 날고, 푸른 산에는 꽃이 붉게 피기 시작하였다. 그런데, 강이 푸른 만큼 그 위를 나는 갈매기는 더욱 하얗게 보이고, 산이 푸르니 푸른색 안에 피어 있는 붉은 꽃은 더욱 붉게 보인다. 이처럼 타향에서의 봄 경치가 아름다울수록 고향에 대한 그리움은 더욱 짙게만 느껴진다. 이러한 대비수법을 이용해 부각시킨 표현방법 덕분에 쓸쓸한 시인의 심정이 더 부각될 수밖에 없지 않은가.

 憶江上吳處士 * 賈島

강 위의 오처사를 생각하며

돛을 올리고 민 땅으로 떠나가니
달은 기울었다 다시 둥글게 찼네.
가을 바람 위수 가에 불어오고
낙엽이 온 장안에 가득하다.
이 땅에서 함께 지새던 밤 생각해보니
천둥치고 비 내리는 쓸쓸한 날이었지.
배는 아직 돌아오지 않으니
그대 소식은 바다 끝에나 있겠구나.

閩國揚帆去, 蟾蜍虧復圓. 秋風生渭水, 落葉滿長安.
此地聚會夕, 當時雷雨寒. 蘭橈殊未返, 消息海雲端.

處士(처사): 관직을 버리고 은거하는 사람을 말함. 은자(隱者)에 대한 표현은 가도 시인의 특기로, 그의
또 다른 시 〈문동자(問童子)〉에서도 '소나무'(松), '약초'(藥), '구름'(雲) 등으로 은자를 비유하였음.
閩國(민국): 지금의 복건(福建)을 가리킴.
蘭橈(난요): 橈(요)는 본래 배의 노를 말하는 것인데, 蘭橈(난요)는 배를 아름답게 부르는 명칭. 木蘭舟
(목란주)라고도 함.

이별한 벗이 시인을 떠나간 지 이미 한 달이 되었다. 벗을 생각하니 지난 날 그와 함께했던 그 밤의 장면이 머릿속을 스친다. 천둥치고 비 내리는 쓸쓸한 밤을 지내고 떠난 벗은 아직 돌아오지 않고 있으니 그 이별한 친구가 있는 복건지방인 '민땅'(閩國)을 떠올리며 친구가 돌아오기만을 기다린다. 돌아오지 않는 벗의 소식이나마 바다 건너 전해오기를 바라는 시인의 간절함이 느껴진다.

자(字)는 낭선(浪仙), 지금의 하북성 범양(范陽) 사람으로 여러 차례 과거에 응시하였으나 빈번이 낙방하고 중이 되었음. 이후 한유(韓愈)를 만나 환속하여 창작활동을 하였음. 문학활동에 있어서는 1자 1구도 소홀히 하지 않고 고음(苦吟: 괴롭게 읊조림)한 작품을 다작(多作)하였음. '퇴고'(推敲)의 어원이 된 일화도 그의 이러한 창작태도에서 기원한 것이라 할 수 있음. 《전당시》에 400여 수가 전함.

 # 秋思 *張籍 │ 가을의 그리움

낙양성에서 가을바람 맞으며
집에 보낼 거신 쓰고자 하니 생각이 만 겹이라.
급한 마음에 못 다한 말 또 있을까
사람 떠나려는데 봉투를 재차 뜯네.

洛陽城里見秋風, 欲作家書意萬重.
復恐匆匆說不盡, 行人臨發又開封.

고향을 떠나 객지에서 맞이하는 가을날의 쓸쓸함, 고향과 가족에 대한 간절한 그리움이 구절구절 배어 있다. 요즘 유행가 가사 중에 "슬프도록 아름다운"이라는 표현이 있지 않던가. 필자는 이 시를 쓴 시인의 '슬프도록 그리운' 마음을 조금이나마 짐작할 수 있을 것 같다. 또한 표현 수법에 있어서는 세밀하고도 생동감 넘치는 묘사를 이용함으로써 감정을 심화시켰다.

자(字)는 문창(文昌), 강소성 소주(蘇州) 사람. 한유(韓愈)의 추천으로 관직에 올랐으나 눈이 멀어 낮은 벼슬에 머무르며 여전히 가난한 생활을 함. 그는 자신의 생각을 주로 악부체(樂府體)의 시로 표현해내었음.《전당시》에 450여 수가 전함.

그대는 언제 돌아오느냐 묻지만 기약할 수 없다네,
그곳 파산은 밤비에 가을 못 물 불어났겠지.
언제쯤이나 우리 같이 서쪽 창가에서 촛불 심지 자르며
파산의 비 오던 그 밤을 얘기할 수 있을까나.

君問歸期未有期, 巴山夜雨漲秋池.
何當共剪西窗燭, 却話巴山夜雨時.

巴山(파산): 일반적으로 사천(四川) 경내(境內)의 산을 말함.

이상은은 당대(唐代) 시인 가운데 난해한 언어와 조사의 사용으로 유명한 시인이다. 그러나 이 작품에서는 이와 같은 그의 시어(詩語)상의 특성과 달리 오히려 평범한 일상용어를 운용하여, 부인과 이별한 후 다시 만날 날을 기약하지 못함과, 비오는 처량한 가을밤에 느껴지는 고독과 그리움을 시 전편에 걸쳐 잘 드러내었다.

자(字)는 의산(義山), 호는 옥계생(玉溪生). 회주(懷州) 하내[河內: 지금의 하남성 심양(沁陽)] 사람. 시는 600수가 전하며 두목(杜牧)과 함께 '소이두'(小李杜)라 하여 이백과 두보를 일컫는 '이두'(李杜)와 구별하였음. 신화와 전설, 역사 전고(典故)를 잘 이용하였으며 풍부한 상상력을 발휘하였고, 연상이나 상징적인 이미지의 다양한 언어를 사용하여 예술성이 뛰어났음. 그러나 한편으로는 지나친 전고의 사용이나 뜬금없이 가져다 쓴 전고로 인해 오히려 난삽하고 읽기 쉽지 않다는 평이 있기도 함.

만나기 어려우나 이별은 더욱 어렵고
봄바람 힘없어 온갖 꽃 시들었네.
봄 누에는 죽어서야 실 다하며
초는 재가 되어야 눈물 비로소 마른다네.
새벽녘 단장했지만 변한 머리에 한숨짓고
밤중에 읊으니 차가운 달빛 느껴지네.
봉래산이 여기서 그리 멀지 않으니
파랑새야 나를 위해 친절히 내 대신 살펴주렴.

相見時難別亦難, 東風無力百花殘.
春蠶到死絲方盡, 蠟炬成灰淚始乾.
曉鏡但愁雲鬢改, 夜吟應感月光寒.
蓬山此去無多路, 靑鳥殷勤爲探看.

蠟炬(납거): 초.
雲鬢(운빈): 구름 모양의 여인의 검은 머리를 형용하는 말.
蓬山(봉산): 신선이 산다는 전설 속의 봉래산(蓬萊山)을 말함.
靑鳥(청조): 한무고사(漢武故事)에 서왕모(西王母)가 한무제(漢武帝)를 맞이하는데 파랑새가 먼저 궁전 앞에 도착하였다고 함. 후에 사람들이 이 파랑새를 가리켜 사자(使者)의 대칭으로 삼았다고 함.

'실'(絲)은 '생각하다'(思)와 쌍관어로 사용되어 시인 자신이 죽어서야 님에 대한 생각 자체가 없어질 수 있음을 함축적으로 나타내었다. '눈물'(淚) 또한 촛농과 눈물의 흐름을 같은 이미지로 사용한 것으로 촛불이 다 타고 없어진 후에야 더 이상 촛농이 흐르지 않는 것처럼 자신의 눈물 또한 죽은 후에야 그칠 것이라 표현한 것이니 그 그리움의 깊이를 충분히 가늠해 볼 수 있겠다.

꾀꼬리 쫓아버려
가지 위에서 울지 않게 해두오
꾀꼬리 울면 내 꿈도 깨어지니
님 계신 요서로 갈 수 없다네.

打起黃鶯兒, 莫敎枝上啼.
啼時驚妾夢, 不得到遼西.

이별한 님을 꿈속에서라도 만나고 싶어 하는 안타까운 애정을 노래한 이 시는 당시(唐詩) 가운데 적지 않은데, 이 시는 그 중 독특한 개성을 보이고 있다. 본래 꾀꼬리가 지저귀는 소리는 가락이 아름답고 또한 꾀꼬리 자체는 버들과 더불어 봄의 도래를 알리는 상징적인 이미지로 시에 자주 등장한다. 그러나 이 시의 주인공은 이별한 님이 봄이 되었다고 하여 돌아온다는 기약도 없는데 꾀꼬리가 우는 봄이 오면 님 생각에 더욱 슬퍼질 것이 분명하다고 생각하여 꾀꼬리를 울지 않도록 해달라고 부탁한다. 또한 어차피 현실에서 다시 만날 기약을 할 수 없기에 꿈에서라도 님을 만나 기쁨을 만끽할 수 있는데 꾀꼬리가 울면 그나마 그 꿈마저 깨어버려 영영 만날 수 없게 되니 꾀꼬리를 울지 않게 해달라고 비는 것이다. 그 어떤 시보다도 님에 대한 애절한 사랑을 느낄 수 있는 작품이 아닌가.

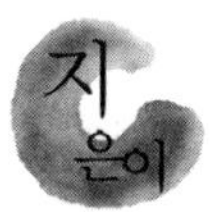

여항(餘杭), 지금의 절강성(浙江省) 항주(杭州) 사람. 생애에 관한 기록은 전해지지 않고 단지 《당시류선(唐詩類選)》에 '춘원'(春怨) 한 수만 전함.

春日登樓懷歸 *寇準

봄날 누각에 올라 고향을 그리며

높은 누각에 올라 저 멀리 바라보니
아득히 광야가 펼쳐져 있네.
들 옆 강에는 건너는 사람이 없어
배만 외로이 온종일 매여 있구나.
황량한 마을에는 끊임없이 안개 피어나고
낡은 절에는 이리저리 날며 우는 꾀꼬리 소리.
먼 고향 위수가의 옛 가업
깊은 생각에 잠겨 있다가 놀라 깨어난다.

高樓聊引望, 杳杳一川平. 野水無人渡, 孤舟盡日橫.
荒村生斷靄, 古寺語流鶯. 舊業遙淸渭, 沈思忽自驚.

리(인): '멀다'(遠)의 뜻으로 사용.
杳杳(묘묘): 아득히 먼 모양.
斷靄(단애): '잔애'(殘靄)의 의미.
舊業(구업): 농사 지으며 살아가던 옛 가업을 가리킴.
淸渭(청위): 맑은 물이 흐르는 위수(渭水). 여기서는 시인의 고향인 하규(下邽)를 가리킴. 이곳에 위수
가 지나감.

봄날 누각에 올라 바라보는 정경이라면 분명 여리고 푸른 풀들로 인해 새로운 생명감이 느껴질 만한데 이 시에서는 고향에 대한 그리움 때문인지 오히려 처량하고 황량하고 적막한 분위기만 느껴진다. 경물의 정밀한 묘사 속에 자신의 감정을 이입시키는 구준 시의 특징을 분명히 드러내고 있는 작품이다.

자(字)는 평중(平仲). 화주(華州) 하규(下邽), 지금의 섬서성(陝西省) 위남(渭南) 사람. 북송(北宋) 시기 창작활동을 하던 시인으로, 진사(進士)에 급제하여 몇몇 관직을 역임하였으나 강직한 성품으로 인하여 좌천되었음. 당시 고관들 사이에서 유행하던 서곤체(西崑體: 중국 송초(宋初)의 시인 집단의 시를 일컫는 말)와 다른 시풍을 가졌으며, 자연의 애수(哀愁)를 읊은 작품이 많음. 《구충민공시집(寇忠愍公詩集)》이 전함.

 寓意 * 晏殊 │ 마음을 기탁하며

화려하고 향긋한 수레 다시 만날 수 없고
무협의 구름 흔적도 없이 동서로 퍼져 있다.
배꽃 가득한 정원에는 달빛 하얗게 부서지고
버들개지 날리는 연못에는 바람 가볍다.
며칠을 조용히 술 마신 뒤
한식날인지라 한바탕 쓸쓸함 더 느껴진다.
나 서신으로 전하려하나 어찌 도달할거나.
곳곳에 멀고 먼 물, 길고 긴 산인데.

油壁香車不再逢, 峽雲無迹任西東.
梨花院落溶溶月, 柳絮池塘淡淡風.
幾日寂廖傷酒後, 一番蕭瑟禁煙中.
魚書欲寄何由達, 水遠山長處處同.

溶溶(용용): 하얗게 빛나는 모양.
淡淡(담담): 미약한 모양.
禁煙中(금연중): 연기를 금하는 기간, 즉 한식(寒食)날을 가리킴.

사랑을 나누었던 여인과의 이별 후 감당할 수 없을 정도의 슬픔과 아픈 가슴을 그저 술에 의지하려했던 듯하다. 만나고 싶어도 만날 수 없고, 소식을 전하고 싶어도 사방이 막혀 있어 그럴 수 없다니…. 상상만 해도 가슴 답답함이 물밀듯 밀려온다.

자(字)는 동숙(同叔). 무주(撫州) 임천(臨川), 지금의 강서성(江西省) 무주(撫州) 사람. 시문에 능하여 많은 시집을 남겼다고 하지만 현재 전해지지 않으며, 북송 초기의 사(詞) 작가로 유명했음을 증명하는 사집(詞集) 《주옥사(珠玉詞)》 1권만 전함. 인생에 대한 사색을 담은 개인적인 작품을 주로 썼으며, 사회적인 주제는 다루지 않았음.

병상에서 일어나 감정 풍부한데 해는 길어
무리하게 뜰 아래로 내려와 꽃 필 시기를 살핀다.
초봄 들어 눈 녹은 연못가의 객사에서
난간에 기대서니 해 저물려 하는구나.
어지러이 나는 나비와 벌 모두 뜻 있는데
토규와 귀리는 스스로 알지 못하네.
연못가의 수양버들은 허리가 하늘하늘한데
그 긴 가지 다 꺾은 들 누구에게 보내리오

病起多情白日遲, 强來庭下探花期.
雪消池館初春後, 人倚闌干欲暮時.
亂蝶狂蜂俱有意, 兎葵燕麥自無知.
池邊垂楊腰支活, 折盡長條爲寄誰.

花期(화기): 꽃이 피는 시기.

오랜 시간 동안 병상에 누워 있다가 오랜만에 바라본 바깥 풍경. 게다가 때는 바야흐로 초봄이다. 풀이며 나뭇가지의 새싹이 이제 막 돋아날 시기이니 얼마나 파릇하였겠는가. 누군가와 함께 초봄의 맛을 즐기면 좋으련만 그럴 사람이 없으니 외롭기 그지없어 막연히 누군가를 그리워하게 된 것이리라 짐작된다.

자(字)는 거인(居仁), 호는 동래선생(東萊先生), 수주[壽州: 지금의 안휘성 수현(壽縣)] 사람. 강서시파(江西詩派)에 속하지만 다른 강서시파 시인들에 비해 그의 시는 평이(平易)하다는 평이 있음. 《동래선생집(東萊先生集)》이 전함.

오랑캐 국경 넘어온 이래로
십년 간 이수와 낙수 사이의 길 멀기만 하다.
청돈계 둑 위의 늙고 초라한 나그네
홀로 서서 봄바람 맞으며 모란 바라본다.

一自胡塵入漢關, 十年伊洛路漫漫.
靑墩溪畔龍鍾客, 獨立東風看牧丹.

伊洛(이락): 하남(河南)의 이수(伊水)와 낙수(洛水). 여기서 이락(伊洛)은 시인의 고향인 낙양을 가리킴.
靑墩溪(청돈계): 절강성(折江省) 동향(桐鄕)의 북쪽에 있는 하천.

시인은 분명 모란을 읊었다. 하지만 이 모란은 단순히 모란 그 자체를 의미하고 있지는 않다. 모란이 낙양에서 유명했던 꽃인 만큼 작자의 고향을 의미하는 것이다. 봄바람에 홀로 서서 모란을 바라보던 시인이 그 모란의 아름다움만을 생각했겠는가? 아닐 것이다. 이미 늙고 초라한 모습이 되어버린 시인은 분명 모란을 통해 그가 그리는 고향을 보았으리라.

자(字)는 거비(去非), 낙양(洛陽: 지금의 하남성에 속함) 사람으로 두보의 시작(詩作) 특성을 따르고자 노력하였음. 특히 두보 율시의 성조 등에 주의하였으며 그의 시는 내용이 깊지는 않으나 시구(詩句)는 분명하고 음조는 맑음. 《간재집(簡齋集)》이 전함.

성 위에 석양 비추는데 나팔 소리 구슬프고
심원도 더 이상 옛 모습이 아니구나.
가슴 아프도다, 다리 아래 푸른 봄 물결
바로 놀란 기러기 그림자 비춰 온 곳이라네.

城上斜陽畵角哀, 沈園非復舊池臺.
傷心橋下春波綠, 曾是驚鴻照影來.

深園(심원): 절강성 소흥(紹興)에 있는 정원.
畵角(화각): 아름다운 뿔피리.
驚鴻(경홍): 육유가 사랑했던 당완(唐琬)을 가리킴.

육유는 20세경 외사촌 누이 당완(唐琬)과 결혼하였는데 부부금슬이 좋았으나 고부간의 갈등으로 이혼하였다. 각자 다른 사람과 재혼하였는데 31세 되던 해 육유가 소흥의 심원에 갔다가 우연히 당완의 부부를 만나게 되었다. 그녀에 대한 가슴 아픈 사랑을 〈차두봉(釵頭鳳)〉 사(詞) 1수로 읊었고, 이에 대한 화답으로 당완 역시 같은 제목의 사를 한 수 지었다고 한다. 이 때문에 심원이라는 곳은 육유에게 가슴 아픈 기억이 가득한 곳이었을 것이다. 이 시는 당완과의 사랑을 읊은 여러 시 가운데 대표작으로 심원의 풍경을 담담한 필치로 묘사하고 있지만 그에 관련된 고사를 알고 이 시를 읽는다면 아름다운 풍경묘사가 아닌 사랑하는 이를 그리워하는 슬픈 마음을 노래한 것임을 알 수 있을 것이다.

자(字)는 무관(務觀), 호는 방옹(放翁), 월주(越州) 신음[山陰: 지금의 절강성 소흥(紹興)] 사람. 우국충정을 꾸밈없이 토로한 애국시인으로 유명. 만년에는 한적한 전원생활을 노래한 시도 많이 지었음. 범성대·양만리·우무와 더불어 '남송사대가'로 꼽힘. 《검남시고(劍南詩稿)》·《위남문집(渭南文集)》 등 많은 저작이 전함.

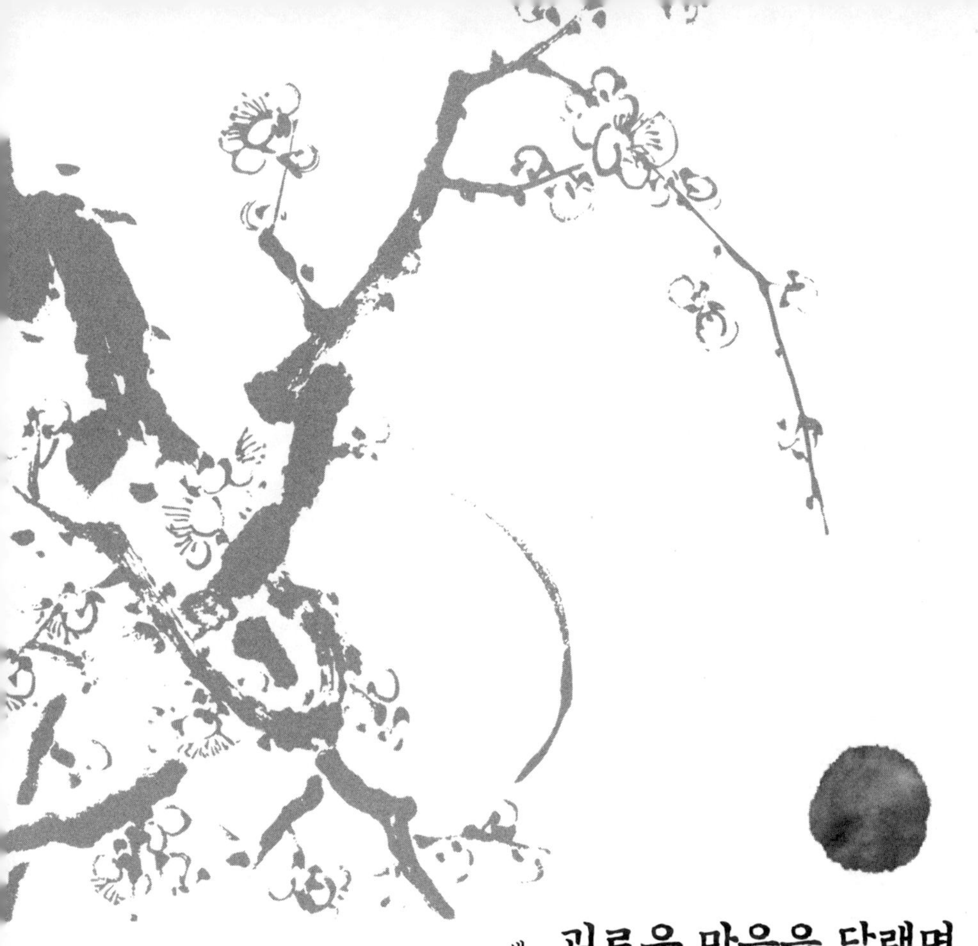

셋... 괴로운 마음을 달래며

진나라 때의 밝은 달, 한나라 때의 관문
만리길을 나선 병사 아직 돌아오지 않네.
단지 용성에 비장군 이광이 살아 계셨다면
오랑캐의 말이 음산 넘지 않게 했을 것을.

- '변방으로 나가서' 全文-

큰 쥐야 큰 쥐야
우리 기장 먹지 마라.
삼년 너를 섬겼건만
나를 돌보려 하지 않는구나.
이제는 너를 떠나
저 즐거운 땅으로 가련다.
즐거운 땅이여, 즐거운 땅이여!
그곳이 내가 머물 곳이네.

큰 쥐야 큰 쥐야
우리 보리 먹지 마라.
삼년 너를 섬겼거늘
내게 은혜 갚을 줄 모르는구나.
이제는 너를 떠나
저 편안한 나라로 가련다.
편안한 나라여, 편안한 나라여!
그곳이 내가 머물 곳이네.

큰 쥐야 큰 쥐야
우리 곡식 먹지 마라.
삼 년 너를 섬겼건만
내게 수고했다 하지 않네.
이제는 너를 떠나
저 편안한 시골로 가련다.
편안한 곳이여, 편안한 곳이여!
그곳에서 누가 긴 한숨 지으리오

碩鼠碩鼠, 無食我黍. 三歲貫女, 莫我肯顧.
逝將去女, 適彼樂土. 樂土樂土, 爰得我所.
碩鼠碩鼠, 無食我麥. 三歲貫女, 莫我肯德.
逝將去女, 適彼樂國. 樂國樂國, 爰得我直.
碩鼠碩鼠, 無食我苗. 三歲貫女, 莫我肯勞.
逝將去女, 適彼樂郊. 樂郊樂郊, 誰之永號.

詩감상 《시경(詩經)》에는 백성들의 고통과 불만을 나타낸 시들이 적지 않다. 이 작품 역시 관리에 대한 분노를 표현한 대표적인 사회풍자시라 할 수 있다. 백성들이 땀 흘려 일구어 수확한 곡식을 약탈해가는 관리의 모습을 곡식을 갉아먹는 큰 쥐에 비유함으로써, 착취당하는 백성들의 고달픈 삶을 노래하였다. 이와 같은 관리의 횡포에 질려버린 백성들이 '낙토(樂土) · 낙국(樂國) · 낙교(樂郊)'의 시어로 표현된 이상적인 낙원을 갈망하는 것은 당연한 것이 아닐까.

《詩經》
75쪽 참조.

碩鼠(석서): 백성들의 곡식을 약탈해가는 관리를 비유.
三歲(삼세): 여러 해.

열다섯에 전쟁에 나갔다가
여든이 되어서야 돌아올 수 있었네.
길에서 만난 고향 사람에게
집에 누가 있느냐 물었더니
저 멀리 보이는 것이 나의 집이라는데
소나무와 잣나무만 우거졌을 뿐이구나.
산토끼 개구멍으로 숨고
꿩은 대들보 위를 날아가네.
마당에는 잡곡이 멋대로 자라나고
우물가엔 아욱이 멋대로 나 있네.
봄 잡곡 찧어 밥 짓고
아욱 캐어 국을 끓이네.
국과 밥은 금방 익었으나
누구와 함께 먹어야 하나.
문을 나서 동쪽 바라보다가
눈물이 흘러 옷을 적시는구나.

十五從軍征, 八十始得歸. 道逢鄕里人, 家中有阿誰.
遙望是君家, 松柏冢纍纍. 兎從狗竇入, 雉從梁上飛.
中庭生旅穀, 井上生旅葵. 春穀持作飯, 采葵持作羹.
羹飯一時熟, 不知飴阿誰. 出門東向看, 淚落霑我衣.

 우연히 만난 마을 사람과 수많은 전쟁을 치른 후 이미 늙어버린 모습으로 돌아온 노병의 독백을 통해, 가족들은 이미 죽고 없는 상황을 암시한다. 또한 고향집은 이미 폐허가 되어 야생풀이 자라고 있고, 집에서 밥 지어먹으려 해도 함께할 식구가 없는 고통스러운 상황을 그리고 있다.

《漢樂府》
77쪽 참조.

纍纍(누누): 줄지어 있음. 여러 겹으로 쌓인 모양.
旅穀(여곡): 파종을 하지 않았는데 날아와 자라는 야생 곡식.
旅葵(여규): 동규채(冬葵菜) 즉 아욱. 야생풀로 잎은 식용으로, 줄기는 약용으로 쓰임.

해가 동남쪽에서 떠올라
우리 진씨 마루를 비추네.
진씨네 집에 어여쁜 딸 있는데
스스로 이름 짓기를 나부라고 하였네.
나부는 누에치기 좋아하여
성 남쪽으로 뽕 따러 갔다네.
푸른 실로 바구니를 엮고
계수나무 가지로 바구니 고리 만들었네.
머리 위에는 예쁜 쪽 틀고
귀에는 명월주 달았네.
감색 비단 치마 두르고
자주색 비단 저고리 입었네.
길 가던 사람들은 나부를 보고
짐 내려놓고 수염 쓰다듬고.
젊은이들은 나부를 보고
괜시리 관을 벗고 두건을 매만진다.
밭 가는 사람은 쟁기질 잊고
김 매는 사람은 호미질 잊네.
집으로 돌아와서는 화만 내는데
모두 나부를 보았기 때문이라네.
태수가 남쪽에서 오다가
수레 오마를 세우고 머뭇거리네.
태수가 시종을 보내어
묻기를 "뉘 집 아가씨인가?"
"진씨네 집 딸이오며

이름은 나부라 하옵니다."
"나부는 나이가 몇인가?"
"스물이 채 안 되었고
열다섯은 이미 넘었습니다."
태수가 나부에게 묻기를
"네 수레에 함께 타고 가지 않겠느냐?"
나부가 앞으로 나와 말하기를
"태수님은 어찌 그리 어리석은 말을 하시는지요?
태수께서는 이미 부인이 계시고
저 나부도 이미 지아비가 있나이다."
동쪽 천여 기마병 가운데
그이는 그 선두에 있사옵니다.
천여기는 어떻게 그이를 알아볼까요?
백마가 흑색의 망아지를 따라갑니다.
푸른 실은 말꼬리에 매여 있고,
황금은 말머리에 걸려 있군요.
허리에는 녹로검이 매여 있는데
그 가치는 천만이 넘구요.
열다섯에 부중에 소사 벼슬을 하였고
스물에 한나라 조정에서 대부가 되었군요.
삼십에 시중랑이 되었고
사십에 성주가 될 것입니다.
사람됨이 깨끗하고 명석하고,
긴 수염을 늘어뜨리고 있지요.
길이길이 재상의 부중을 걸으며,
태수 거처를 출입하네.
좌중의 많은 사람이,
모두 그이가 장부라 칭송할 것입니다.

日出東南隅, 照我秦氏樓. 秦氏有好女, 自名爲羅敷.

羅敷喜蠶桑, 採桑城南隅. 靑絲爲籠系, 桂枝爲籠鉤.

頭上倭墮髻, 耳中明月珠. 緗綺爲下裙, 紫綺爲上襦.

行者見羅敷, 下擔捋髭鬚. 少年見羅敷, 脫帽著帩頭.

耕者忘其犁, 鋤者忘其鋤. 來歸相怨怒, 但坐觀羅敷.

使君從南來, 五馬立蜘躕. 使君遣吏往, 問是誰家姝.

秦氏有好女, 自名爲羅敷. 羅敷年幾何, 二十尙不足.

十五頗有餘, 使君謝羅敷. 寧可共載不, 羅敷前置辭.

使君一何愚, 使君自有婦, 羅敷自有夫.

東方千餘騎, 夫婿居上頭. 何用識夫婿, 白馬從驪駒.

靑絲繫馬尾, 黃金絡馬頭. 腰中鹿盧劍, 可值千萬餘.

十五府小史, 二十朝大夫. 三十侍中郎, 四十專城居.

爲人潔白皙, 鬑鬑頗有鬚. 盈盈公府步, 冉冉府中趨.

坐中數千人, 皆言夫婿殊.

倭墮髻(왜타계): 타마계(墮馬髻)라고도 하는데, 쪽이 머리 한쪽으로 기울어서 떨어질 듯한 모양(당시 낙양 일대의 부인들 사이에서 유행하던 머리모양).

髭(자): 코 위의 콧수염.

鬚(수): 턱 아래 늘어진 수염.

帩頭(초두): 관을 쓰기 전에 머리를 묶는 망건.

使君(사군): 동한 시대 때, 태수(太守)나 자사(刺史)를 부르는 호칭.

128

나부행(羅敷行)이라고도 하는 이 작품은 부녀자의 절개와 관리의 부패를 동시에 이야기하고 있다. 작자는 자신이 직접 나부의 미모를 묘사하지 않고, '行者·少年·耕者·鋤者'들이 나부 앞에서 환심을 사기 위해 익살맞은 행동을 하는 것을 통해 드러냄으로써 독자로 하여금 그 정도를 짐작할 수 있게 하였다. 이만한 미모를 지녔으니 고을 태수도 반할 만하지 않았겠는가? 뽕을 따고 있던 나부를 본 위풍당당한 태수의 눈에도 나부는 매혹적으로 비춰진 것이다. 이에 나부를 유혹하지만, 그의 '시커먼 속셈'을 안 여주인공 나부는 동요하지 않고, 오히려 그의 면전에서 남편의 재능을 과시한다. 작품의 마지막에서는 끊이지 않는 나부의 남편자랑과 그 장면을 보는 사람들의 웃음을 묘사한 대목을 통해 체면이 땅에 떨어져 얼굴이 울그락불그락 했을 태수의 모습을 상상할 수 있을 것이다. 이러한 장면 묘사를 대화체의 형식을 통해 묘사함으로써 독자로 하여금 보다 생동적이고 사실적인 맛을 느낄 수 있게 한 것이 이 작품의 매력이 아닐는지….

 # 蒿里行 *曹操 | 호리에서

관동에서 의병 일으킴은
간악한 무리를 토벌코자 함이었고
처음 맹진에서의 회합은
함양을 정복하기 위함이었네.
군데 모였으나 마음 한결같지 않아
머뭇거리기만 할 뿐 앞장서지 않네.
자신들의 이익만 내세워 다투더니
결국 서로 죽이고 말았네.
회남에선 원술이 황제를 참칭하고
북방에선 원소가 옥새를 새기는구나.
투구와 갑옷엔 빈대와 이 생기고
수많은 백성들 죽어가네.
백골은 들판에 보이고
천리 안에 닭울음 소리 하나 없네.
살아남은 백성은 백에 하나
이런 생각에 애간장 끊어지는구나.

關東有義士, 興兵討群凶. 初期會盟津, 乃心在咸陽.
軍合力不齊, 躊躇而雁行. 勢利使人爭, 嗣還自相狀.
淮南弟稱號, 刻璽於北方. 鎧甲生蟣蝨, 萬姓以死亡.
白骨露于野, 千里無鷄鳴. 生民百遺一, 念之斷人腸.

　　전쟁의 참상을 그린 조조의 대표작이다. 동탁을 정벌하기 위해 관동의 각 주(州) 장수들이 군사를 일으켜 세력을 다투다가 서로 죽이게 되는 역사적 사실의 서술로 작품을 시작하였다. 욕심으로 인해 벌어진 군벌들 간의 세력다툼이 백성들의 생명까지 빼앗아가는 처참하고 슬픈 상황을 자아낸 것이다. 질박하고 힘 있는 언어를 사용하여 처량하면서도 격한 분위기를 조성하였으며, 결국에는 전쟁으로 인해 무고하게 죽은 백성을 애도하는 만가(輓歌)가 되었다.

　　조조(曹操)는 역사상 가장 혼란한 시기였다고 할 수 있는 후한말, 황건적의 난을 진압하던 시기에 성장하여, 중원지역의 패권을 잡은 최고의 권력자인 동시에 건안문학(建安文學)의 문을 연 문인이기도 함. 그는 웅건한 기상, 혼란한 현실에 대한 비감을 악부시(樂府詩)를 통해 표현하였음.

蒿里(호리): 태산(泰山) 남쪽의 산 이름. 사람이 죽으면 그 영혼이 와서 머문다는 곳.

關東(관동): 함곡관(函谷關) 서쪽을 말함.

義士(의사): 동탁(董卓)을 치기 위해 군사를 일으킨 관동 각 주의 장군들. 즉 원소(袁紹) · 원술(袁術) · 한복(韓馥) 등을 말함.

群凶(군흉): 동탁을 가리킴. 한말(漢末), 영제(靈帝)가 죽자 환관 외척이 서로 공격하여 죽였는데 동탁이 이 기회를 이용하여 군사를 이끌고 함양으로 진격하였음. 소제(少帝)를 폐하고 헌제(獻帝)를 옹립하였다가 곧 왕위를 찬탈하자 원술과 한복 등이 동탁을 토벌하고자 군사를 일으키고 원소를 맹주로 추대하였음. 이때 조조도 원소와 결맹하고 그의 휘하에 들어갔음.

咸陽(함양): 진(秦)의 옛 땅으로 항우와 유방이 군사를 일으켜 함양을 공격하고 진나라를 멸망시켰음. 본 시에서는 동탁이 있는 곳을 말하며 원소가 군사를 일으킨 후에 동탁은 낙양을 불태우고 헌제를 데리고 장안으로 이주하였음.

雁行(안행): 기러기가 무리를 지어 날아갈 때 인(人)자 모양을 이루는데 차례를 지어 살아가는 기러기처럼 비스듬히 조금 뒤떨어져 감을 비유함. 즉, 여기서는 군대가 서로 앞으로 나아가지 않는 모습을 형용한 말.

장안은 전란으로 형체도 없어지고

승냥이 호랑이가 환난을 일으켰다.

또다시 중원 땅을 버리고

몸을 피해 형주로 간다.

친척들 나를 보고 슬퍼하고

친구들 손 잡아당기며 전송한다.

집을 나서니 보이는 것 없고

백골만이 평원을 뒤덮었다.

길에는 굶주린 아낙이

아이를 싸안아 풀 속에 버린다.

뒤돌아 들어보니 흐느낌 소리

눈물 훔치며 차마 홀로 발걸음 돌리지 못한다.

어디서 죽을지 알 수 없으니

어찌하면 둘이 다시 만나리오.

말을 달려 떠나가며

차마 이 말 듣지 못하겠네.

남쪽의 패릉의 언덕에 올라

머리 돌려 장안을 바라본다.

황천길 위의 사람 이해되어

탄식하며 슬픔에 애간장 끊어진다.

豺虎(시호): 승냥이와 호랑이. 여기서는 여포에 의해 살해된 동탁의 부하로 장안에서 변란을 일으키고
방화와 약탈을 일삼은 이각(李傕)과 곽사(郭汜)를 암시.
荊蠻(형만): 형주(荊州) 지역을 말하는데, 초(楚)를 옛날에는 형(荊)이라 하였고 주나라 사람은 남방의
민족을 만(蠻)이라 하여, 초는 남방에 있으므로 형만(荊蠻)이라 하였음.
下泉(하천): 저승, 황천(黃泉).

西京亂無象, 豺虎方遘患. 復棄中國去, 委身適荊蠻.
親戚對我悲, 朋友相追攀. 出門無所見, 白骨蔽平原.
路有饑婦人, 抱子棄草間. 顧聞號泣聲, 揮涙獨不還.
未知身死處, 何能兩相完. 驅馬棄之去, 不忍聽此言.
南登覇陵岸, 回首望長安. 悟彼下泉人, 喟然傷心肝.

詩 감상

건안칠자 가운데 한 사람으로, 선대부터 정치적 요직을 담당하였으나, 후에 가세가 몰락하여 부친 때 낙양(洛陽)으로 이주하였다. 왕찬은 어릴 적부터 문장으로써 주위 사람들에게 인정을 받았다. 당시 동한(東漢)의 정국이 매우 혼란하였을 때, 난(亂)을 피해 형주자사 유표에게로 도주하면서 목도한 전쟁의 침혹상과 전란으로 인해 도탄에 빠져 있는 백성들의 삶을 묘사하였다. 그 심정을 이 시를 통해 토해내고 있는데, 살아갈 길이 없어 젖먹이를 버려야만 하는 비인간적인 아낙의 모습을 그리는 등, 애간장 끊는 처참한 광경을 몸소 체험한 만큼 직접적이고 사실적으로 묘사하였다. 따라서 장안을 바라보는 시인의 시선은 위정자들에 대한 소리 없는 반항과 원망이었을 것이며, 당시 사회와 정치에 대한 비판의 눈초리였음을 알 수 있다.

지은이

자(字)는 중선(仲宣). 산양고평(山陽高平), 지금의 강소성(江蘇省) 정태현(盯眙縣) 사람. 건안칠자(建安七子)의 한 사람이자 그 대표적 시인으로 표현력이 풍부하고 유려하면서도 애수에 찬 시를 남겼는데, 〈從軍詩〉 5수, 〈七哀詩〉 3수가 유명함.

진나라 때의 밝은 달, 한나라 때의 관문
만리길을 나선 병사 아직 돌아오지 않네.
단지 용성에 비장군 이광이 살아 계셨다면
오랑캐의 말이 음산 넘지 않게 했을 것을.

秦時明月漢時關, 萬里長征人未還.
但使龍城飛將在, 不敎胡馬度陰山.

飛將(비장): 비장군(飛將軍) 이광(李廣), 문제(文帝) 14년, 이광은 숙관(肅關)을 침범한 흉노를 무찌른
공으로 시종 무관이 되었음. 또 그는 황제를 호위하여 사냥을 나갔다가 혼자서 큰 호랑이를 때려잡아
천하에 용명(勇名)을 떨치기도 하였음. 그 후 이광은 숙원이었던 수비 대장으로 전임되자 변경의 성
새(城塞)를 전전하면서 흉노를 토벌했는데 그 때마다 늘 이겨 상승(常勝) 장군으로 통했음. 이런 이유
로 흉노는 그를 '한나라의 비장군'(飛將軍)이라 부르며 감히 성해를 넘보지 못했다고 함.
陰山(음산): 이광이 지키던 변방 우북평(右北平)이라는 하북의 동북 열하(熱河)지방을 말하며 《한서(漢
書) · 흉노전(匈奴傳)》에 따르면, 한나라 때 흉노가 항상 음산에 거점을 확보하고 한나라를 침범하였
다고 함.

당대(唐代)의 대표적인 변새시(邊塞詩) 가운데 하나이다. 첫 구부터 진(秦)·한(漢) 시대를 막론하고 끊임없이 계속되는 변방에서의 전쟁을 짐작케 한다. 이러한 전쟁으로 인해 만리길을 떠났다가 끝내 돌아오지 못하는 병사들을 연상할 수 있다. 또한 흉노의 침입을 막아줄 명장(名將)이 나타나 이제는 지겨울 만큼 계속된 전쟁을 막아주기를 바라고 있다. 시간을 고정시키지 않음으로써 출새(出塞)와 타향이 현재의 사실일 뿐만 아니라 진나라 이후 시인의 시점까지 계속되어 온 비극임을 보여주고 있으니 실제로 겪어보지 않은 필자이지만 당시 사람들의 상황이 느껴지는 듯하여 안타까운 마음을 금할 수 없다.

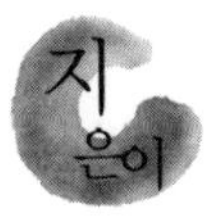

자(字)는 소백(少伯), 89쪽 참조.

맛좋은 포도주를 백옥술잔에 부어 마시려는데
말 위의 비파소리 재촉하네.
취하여 사막에 눕더라도 그대들은 비웃지 마소
옛날부터 전장 나와 살아 돌아간 이 몇이나 되는가.

葡萄美酒夜光杯, 欲飮琵琶馬上催.
醉臥沙場君莫笑, 古來征戰幾人回.

夜光杯(야광배): 한나라 동방삭(東方朔)의 《해내십주기(海內十洲記)》에 "주나라 목왕 때 서쪽 오랑캐
가 곤오할옥도와 야광상만배를 바쳤다. … 술잔은 흰옥의 아름다움을 간직하고 빛을 발하여 밤에도
빛이 난다(周穆王時, 西胡獻昆吾割玉刀及夜光常滿杯 … 杯是白玉之精, 光明夜照)"고 하였음. 야광
배는 서역에서 나는 야광 빛을 내는 술잔을 말함.
君(군): 여기서는 세상 사람의 총칭으로 쓰였음.

'포도주'(葡萄美酒) · '백옥술잔'(夜光杯) · '비파'(琵琶) · '모래밭' (沙場) 등의 시어를 통해 변방의 색채를 강하게 드러내었다. 연회의 기쁨과 변방의 죽음이 서로 대비되면서 광활한 공간으로서의 '사막'(沙場)과 한번 가면 언제 되돌아갈지 알 수 없는 시간으로서의 무한한 시공(時空)을 나타내었다. 이러한 상황 설정을 통해 독자들은, 전쟁에 나간 병사의 생사(生死)는 사람의 의지 밖에 있어 언제 죽을지 모르는 것임을 알 수 있을 것이며, 그럼에도 고향으로 돌아가지 못하는 그들의 운명과 고초 · 슬픔을 조금이나마 짐작할 수 있겠다.

자(字)는 자우(子羽). 병주(并州) 진양(晉陽), 지금의 산서 태원(太原) 사람. 두보와 같은 당시의 시인들에게 추앙을 받았으며 그의 작품 〈양주사(凉州詞)〉는 호방하면서도 비장한 아름다움이 돋보여 널리 알려진 명시로 당대(唐代) 시인의 7언 절구 가운데 압권이라는 높은 평가를 받기도 하였음. 《전당시》에 14수가 전함.

나라는 망했어도 산천은 그대로이고
성안에 찾아온 봄, 풀과 나무만 무성하네.
시절 느껴지니 꽃을 보아도 눈물 흐르고
이별 한스러워 새소리에도 놀라네.
봉화불이 연이어 석 달을 피어오르니
가족의 편지 만금보다 귀하구나.
흰 머리 긁으니 더욱 짧아져
남은 머리 다 모아도 비녀 꽂지 못하겠네.

國破山河在, 城春草木深. 感時花濺淚, 恨別鳥驚心.
烽火連三月, 家書抵萬金. 白頭搔更短, 渾欲不勝簪.

國破(국파): 장안이 안록산에게 함락되었음을 의미함.
烽火(봉화): 적의 침입을 알리는 신호, 전쟁을 가리킴.

안록산 군대에 의해 폐허가 된 장안의 모습을 보고 무한한 감회, 즉 비통한 심정에 젖어 노래하였다. 수도 장안의 시가(市街)는 전쟁에 의해 파괴되었으나, 산과 강은 예와 다름이 없다. 막을 수 없는 시간의 흐름으로 이렇듯 폐허가 된 도성에도 어김없이 봄이 찾아와 풀과 나무가 무성하지만, 전쟁의 참상이 느껴지니 꽃을 보아도 눈물이 난다. 끊이지 않는 전쟁으로 가족과 연락이 닿는 것이 비싼 만금을 얻는 것만큼이나 힘들다. 이런 수심에 빠져 세월이 흘러 어느덧 백발이 되었고, 그 백발마저도 점점 빠져만 가고 있구나! 전쟁의 참상을 겪어보지 않은 우리 세대로서는 상상조차 하기 어렵지만, 그 고통의 정도는 말로 표현할 수 있을 만한 것이 아니라는 것을 충분히 알아차릴 수 있지 않은가?

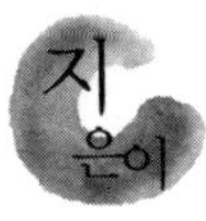

자(字)는 자미(子美). 공(鞏), 97쪽 참조.

봄날 도성에는 꽃 날지 않는 곳 없고

한식날 봄바람에 궁의 버들가지 나부끼네.

날이 저물어 궁궐에 촛불을 하사하니

가벼운 연기 다섯 제후의 저택으로 흩어져 들어가네.

春城無處不飛花, 寒食東風御柳斜.
日暮漢宮傳蠟燭, 輕煙散入五侯家.

五侯家(오후가): 《후한서(後漢書)·宦者傳》에 의하면, 동한(東漢)의 환제(桓帝) 때 환관 선초(禪超), 서황(徐璜), 구원(具瑗), 좌관(左琯), 당형(唐衡) 등 다섯 명을 같은 날 제후에 봉하니 세상에서는 이들을 오후(五侯)라 했는데, 그 이후로 권력이 환관의 손에 장악되었다고 함. 여기서는 당시의 권력가를 가리킴.

당(唐) 왕조는 안사의 난 이후, 환관들이 병권(兵權)을 장악하고 조정의 권력을 독점하여 정치가 날로 부패하기 시작하였는데 동한(東漢) 말경의 환관 득세 및 정치적 상황과 유사하였다. 바람에 날려 떨어지는 꽃과 나부끼는 버들가지, 이 두 이미지로 한식날 봄의 풍경을 표현하고 있으며, 한식날 금지된 불이 다섯 환관의 저택에 전달됨으로써 다섯 환관들의 「경박함」과 「교만함」을 드러내주는 암시의 역할을 한다. 이렇게 볼 때 이 시는 풍자시임을 분명히 알 수 있다. 그러나 시각을 바꾸어, 단순히 한식날의 광경을 있는 그대로 읊은 것으로 한번쯤 이해해 봄은 어떠할지.

자(字)는 군평(君平). 남양(南陽), 지금의 하남 남양 사람. 건중(建中) 때 덕종(德宗)이 그의 시를 높이 평가하여 추천을 받고 관직을 역임하였음. 그의 시는 성률(聲律)의 기교에 치중하였고 경치 묘사에 있어서 시어의 표현이 화려하고 아름다운 것이 특징. 대부분의 시가 증별시(贈別詩)인데 보편적인 송별시의 이별의 처량함이나 격앙된 감정의 노출이 억제되어 웅장하고 강건한 기풍을 엿볼 수 있는 것이 특징임. 《전당시》에 165수가 전함.

 # 雁門太守行 *李賀 │ 변방에서

검은 구름 성을 뒤덮어 무너뜨릴 듯하고
갑옷에 햇살 비추어 금빛 비늘 번쩍인다.
가을 하늘에 뿔피리 소리 가득하더니
성벽의 연지 피는 밤 되니 자색으로 엉겼네.
반쯤 말린 붉은 깃발 역수에 임하니
된서리에 북도 얼어 소리조차 나질 않네.
황금대 위 임금의 뜻에 보답하고 싶어
옥룡검 손에 쥐고 임금님 위해 죽으리라.

黑雲壓城城欲摧, 甲光向日金鱗開.
角聲滿天秋色裏, 塞上燕脂凝夜紫.
半卷紅旗臨易水, 霜重鼓寒聲不起.
報君黃金臺上意, 提攜玉龍爲君死.

黃金臺(황금대): 전국시대 때 연(燕)의 소왕(昭王)이 전국의 인재를 초빙하기 위해 누대(樓臺)에 수천 근의 황금을 놓아두었다고 함.
玉龍(옥룡): 보검을 가리킴.

기록에 의하면 원화(元和) 4년(809)에 왕승종(王承宗)의 반군이 역주(易州)와 정주(定州)를 공격하자 이광안(李光顔)이 이끄는 관군이 이를 구원하였고, 이하(李賀)는 사졸로서 오원제(吳元濟) 반군과 충돌하여 수많은 반군의 죽음을 목도하게 되었다고 한다. 이 작품이 바로 자신이 겪은 역사적 사실을 바탕으로 쓴 것으로 그 당시 할거하던 번진 세력과의 전쟁 모습을 그렸다.

자(字)는 장길(長吉), 복창[福昌: 지금의 하남성 의양(宜陽) 창곡(昌谷)] 사람. 어려서부터 시를 잘 지어 한유가 일찍부터 그의 재능을 발견하면서 시(詩)로써 명성을 얻음. 일생동안 겨우 낮은 관직을 지냈을 뿐 벼슬길이 순탄치 못했으며 일생의 대부분을 고향에서 보내다가 27세의 나이로 요절함. 인생이 그러했던 만큼 그의 시 속에는 그가 처한 시대의 암울함과 과도(官途)에의 좌절에서 오는 실의, 불만과 분노의 정서가 드러나 있고 또한 현실에 대한 비판과 풍자가 드러나 있음. 《전당시》에 시(詩) 5권이 전하며 현존하는 그의 시 240여 수는 《창곡집(昌谷集)》에 수록되어 있음.

바다 사람 살집이 없어 바다 속에 살면서
진주를 캐어다가 코끼리에 실어 세금으로 바치네.
거센 파도 하늘을 뒤덮고 산이 길을 막아도
궁궐의 창고는 항상 가득하구나.

海人無家海裏住, 采珠役象爲歲賦.
惡波橫天山塞路, 未央宮中常滿車.

海人(해인): 바다 속에서 일하는 해녀와 같은 사람.
未央宮(미앙궁): 서한(西漢) 장안의 궁을 차용(借用)하여 당나라의 궁전을 나타냄.

바다 사람이 살 집도 없는 상황에서 진주를 캐어 세금으로 바쳐야만 하는 고통스러운 삶을 표현함과 동시에 조정의 탐욕과 폭정에 대해 풍자하고 있다. 생명의 위협에 맞서 진주 캐어다가, 코끼리로 장안까지 힘들고 어렵게 운반하는 행위는 이미 보물로 가득차 있는 창고를 더 채우기 위한 조정관리의 세금 약탈 행위가 아니고 무엇이란 말인가.

자(字)는 중초(仲初), 영천[潁川: 지금의 하남성 허창(許昌)] 사람. 현승(縣丞)과 시어사(侍御史) 등의 관직을 지냈으며 말년에는 퇴직하고 함양(咸陽)에 은거하며 가난하게 살았음. 《전당시》에 520여 수가 전함.

봄에 한 알의 곡식 심어서
가을에 만 알의 곡식 거두네.
세상 어디에도 놀고 있는 땅 없건만
농부는 오히려 굶어 죽는구나.

한낮 무더위 속에 김을 매니
땀방울 벼 아래 땅으로 떨어지네.
뉘 알까, 밥상 위의 음식들이
한 알 한 알 모두 수고로움인 것을.

春種一粒粟, 秋成萬顆子. 四海無閑田, 農夫猶餓死.
鋤禾日當午, 汗滴禾下土. 誰知盤中餐, 粒粒皆辛苦.

粟(속): 곡식의 총칭.
鋤禾(서화): 논의 김을 맴.

'땀방울'(汗滴)을 흘리며 고생고생하여 수확을 하였지만 정작 농사의 주체자인 농민들은 오히려 굶어 죽어간다. 무엇 때문일까? 조정의 조세가 심했기 때문이 아닐까. 통속적이고 평이한 언어를 사용하였지만 농민의 빈곤한 삶과 그들의 처참함이 솔직 담백하게 표현되어 있어 그 느낌이 훨씬 강렬하게 느껴진다. 또한 이런 담백한 표현 사이사이에서 가렴주구(苛斂誅求)하는 못된 조정관리의 모습도 포착할 수 있다.

자(字)는 공수(公垂), 강소성 윤주(潤州) 무석(武錫) 사람. 백거이, 원진 등과 절친한 교우관계를 맺었고 《신제악부(新題樂府)》 20수를 지어 원진, 백거이의 신악부 운동의 원동력이 되었으나 현재 전해지지 않으며 당시(當時)의 현실을 반영하는 작품을 다수 지음. 《전당시》에 137수가 전함.

아름다운 비파 까닭 없이 오십 줄인가

현 하나 발 하나에 좋은 시절 생각하네.

장주는 새벽꿈에 나비에 흘리었고

망제는 춘심을 두견새에 부쳤었지.

푸른 바다에 달빛 밝으니 흐르는 눈물 진주되고

남전의 햇볕 따스해 옥에서는 연기 피어오르네.

이러한 마음 세월 기다려 추억이 될 수 있었지만

다만 당시에는 이것들에 가슴 아팠었네.

錦瑟無端五十弦, 一弦一柱思華年.

莊生曉夢迷蝴蝶, 望帝春心託杜鵑.

滄海月明珠有淚, 藍田日暖玉生煙.

此情可待成追憶, 只是當時惘已然.

錦瑟(금슬): 수를 놓은 비단과 같이 아름다운 꽃무늬를 새긴 슬 악기를 가리킴.

莊生(장생): 전국시대의 장주(莊周)를 말함.

望帝(망제): 고대 전설에 두우(杜宇)는 본래 주(周)나라 말경의 촉(蜀)의 제왕으로 망제라 불렸음. 나라가 망하자 그 혼이 두견(杜鵑)새로 변해 날마다 울게 되었다고 전함.

珠有淚(주유루): 『박물지(博物志)』에 전해지는 고대 전설. 남해(南海) 밖에 교인(鮫人)이 살고 있는데 그가 울 때 흘러내리는 눈물이 아름다운 진주로 변했다고 전함.

藍田(남전): 지금의 섬서 남전의 옥 생산지로 유명한 남전산을 말하며 옥산(玉山)이라고도 함.

슬픈 금슬 가락을 들으니 자신의 불행했던 과거가 문득 떠올랐다. 자신이 품었던 이상과 포부는 아주 짧게 꾼 나비 꿈과 같이 환영(幻影)에 불과하며 망국(亡國) 제왕의 혼의 화신인 두견새처럼 실현 불가능한 채 사라져버렸음에 가슴으로 울고 있다. 사람의 재능을 상징하는 '남전의 옥'은 땅 속에 묻혀 그 빛이 가려 있지만 햇볕 아래서는 그 빛을 발하는 것처럼 자신의 재능이 비록 세상에 쓰이지 못하고 있지만 시와 문장으로 그것을 대신하고 싶은 희망의 이미지로도 이해가 가능하다. 뜻을 펴보지 못한 불우한 신세가 되어버린 시인을 가엾게 여겨야 할까? 아니면 오랜 시간이 흐른 후에 훌륭한 시인으로 평가되어 연구되고 있는 시인을 부러워해야 할까?

일찍이 어여쁜 미모에 모든 것을 잃어
단장하려 거울보지만 그만두네.
임금의 총애 용모에 있지 않은데
나더러 누굴 위해 단장하라 하는가.
바람 따스하여 뭇 새들 지저귀고
해 높이 오르니 꽃 그림자 짙구나.
해마다 월땅 계곡의 여인들
연꽃 따던 때를 기억하네.

早被嬋娟誤, 欲妝臨鏡慵. 承恩不在貌, 敎妾若爲容.
風暖鳥聲碎, 日高花影重. 年年越溪女, 相憶采芙蓉.

嬋娟(선연): 용모나 자태가 아름다운 모양.

시어 하나 하나, 그리고 그 시어들의 조합으로 이루어진 전체 분위기가 독자로 하여금 궁녀의 고독한 생활을 느끼게 한다. 시인의 탁월한 표현 덕에 굳이 그 처지에 처해보지 않아도 궁녀의 한스러움이나 외로움, 고독감이 눈앞에 그려지는 듯하다.

자(字)는 언지(彦之), 지주(池州) 석태(石棣) 지금의 안휘(安徽) 사람. 《당풍집(唐風集)》이 전하며 두보, 백거이의 현실주의 시를 계승하여 혼란한 시대를 반영한 작품과 자연 풍경을 묘사한 작품 등을 남김. 자연스럽고 소박한 시풍에 통속적이며 쉬운 언어를 운용하였으며 화려한 미사여구나 수식이 없어 민간에서 많이 읽혔다고 함. 〈산중과부(山中寡婦)〉, 〈춘궁원(春宮怨)〉 등이 유명하며 《전당시(全唐詩)》에 326수가 전함.

나비 한 쌍 의기양양하게 날다가
우연히 거미줄에 걸려 목숨을 다하였네.
무리지은 개미 떼들 떨어진 날개 가지려 다투고
공훈을 기록하려 남쪽 가지로 돌아가는구나.

蝴蝶雙飛得意, 偶然畢命網羅.
群蟻爭收墜翼, 策勳歸去南柯.

南柯(남가): 남쪽 가지 아래 있는 개미집, 이공좌(李公佐)의 전기소설 《남가기(南柯記)》를 빌려 속세의
부귀영화가 무상함을 암시한 것.

이 시의 창작배경에 대해서는 일반적으로 시인이 만년(晩年) 유배되었을 때 병풍에 그려진 그림을 보고 지은 것이라고 한다. 개미와 나비를 주인공으로 등장시켜 사회를 풍자한 것으로 이는 한평생 뜻 한번 제대로 이루지 못하고 폄적되어 살아간 시인 자신의 인생을 은연중에 드러낸 것이라 하겠다.

자(字)는 노직(魯直), 63쪽 참조.

닭 울면 나가야 하고
개 짖으면 돌아와야 하거늘,
가을 되어 나랏일 급해져
시도 때도 없이 불려간다네.
어젯밤에는 비가 삼 척이나 내려
부엌 바닥엔 이미 진흙이 생겼구나.
사람들은 농촌이 즐겁다 하지만
그대의 괴로움을 사람들이 알기나 할까나.

雞鳴人當行, 犬鳴人當歸. 秋來公事急, 出處不待時.
昨夜三尺雨, 竈下已生泥. 人言田家樂, 爾苦人得知.

公事(공사): 관가가 백성에게 의무적으로 요구하는 강제 노동, 즉 부역(賦役).

동이 트고 닭이 울면 나가야 하고, 날이 저물어 개가 짖으면 응당 돌아와야 할 것인데, 동도 트기 전에 부역하러 불려나가서는 날이 저물어도 돌아올 줄 모른다. 심지어 가을이 되어 바빠지다 보니 이젠 그것마저 시도 때도 없구나. 이처럼 농민의 생활은 고통스럽기만 하다. 흔히 시골, 농촌이라고 하면 한가롭고 여유로운 전원생활의 즐거움을 만끽할 수 있는 곳이라고 생각하곤 한다. 그러나 이 시에서와 같은 농촌의 현실을 알고난 후에도 과연 그렇게 생각할 수 있을지.

자(字)는 리상(履常) 또는 무기(無己), 호는 후산거사(後山居士), 팽성 [彭城: 지금의 강소성 서주(徐州)] 사람. 황정견과 함께 '강서시파'(江西詩派)에 속함. 《후산거사문집(後山居士文集)》이 전하며 700여 수의 시가 전함.

조정에 오랑캐 평정할 만한 책략 없어
앉아서 봉화가 감천궁을 비추게 하였구나.
처음에 수도에서 들리는 전마소리 이상하였지
어찌 먼 바다에서 비룡 보일 줄 알았으랴.
외로운 신하 서릿빛 머리가 삼천 장이나 되었고
해마다 연기에 젖은 꽃 일만 겹이네.
점점 기쁘구나, 장사에서 누각을 향해
지친 병사들 감히 외적의 병사를 공격한다니.

廟堂無策可平戎, 坐使甘泉照夕烽.
初怪上都聞戰馬, 豈知窮海看飛龍.
孤臣霜髮三千丈, 每歲煙花一萬重.
稍喜長沙向延閣, 疲兵敢犯犬羊鋒.

坐(좌): 앉아서, 아무것도 하지 않고.
稍(초): 점점, 조금, 겨우.
延閣(연각): 길게 이어진 누각(樓閣).
犬羊(견양): 악한 사람, 즉 외적을 멸시해 가리킨 말.

이민족의 침입으로 이리 쫓기고 저리 쫓기는 임금의 소식을 듣고 염려하고 분개하는 시인의 마음이 잘 드러나 있다. 두보를 배우고자 했다더니 그의 시를 읽으면 두보 시를 읽었을 때와 비슷한 여운이 남는 듯하다.

자(字)는 거비(去非), 117쪽 참조.

073_ 雨中對酒庭下海棠經雨不謝 *陳與義
비 속에 술 마시며

파릉은 이월인데 나그네는 옷 껴입고

급하게 술잔 들이키며 더디 취한다 불평하네.

제비도 그치지 않는 밤비에 견딜 수 없건만

해당화는 오히려 늙은이가 시 짓기를 기다린다.

세상 뒤집혀 봄빛도 가슴 아파라.

이 빠지고 머리 빠진 몸 태평성대 되기만을 바란다네.

흰 대나무 울타리 앞 세상은 넓고 넓은데

의지할 데 없는 이 몸과 세상 서로 슬픔을 견디네.

> 巴陵二月客添衣, 草草杯觴恨醉遲.
>
> 燕子不禁連夜雨, 海棠猶待老夫詩.
>
> 天翻地覆傷春色, 齒豁頭童祝聖時.
>
> 白竹籬前湖海闊, 茫茫身世兩堪悲.

草草(초초): 바빠서 거친 모양, 허둥대는 모양.

湖海(호해): 세상, 세간(世間).

茫茫(망망): 넓고 아득한 모양, 여기서는 넓은 세상에서 의지할 데 없는 자신의 모습을 가리킴.

희망이 가득해야 할 봄에 나라 걱정하는 마음이 가득하여 봄이 심지어는 슬프게 느껴진다. 오늘날에도 과연 나라 걱정에 잠겨 술을 마시며 봄을 슬프게 느끼는 사람 있을는지.

 # 劍門道中遇微雨 * 陸游
검문으로 가는 길에 가랑비 맞으며

옷에는 길 먼지와 술자국 뒤범벅되어
먼 여행에 낙담하지 않는 곳 없네.
이 몸은 마땅히 시인이나 되어야 하는 것이더냐
가랑비 속에 나귀 타고 검문으로 들어가네.

衣上征塵雜酒痕, 遠遊無處不消魂.
此身合是詩人未, 細雨騎驢入劍門.

劍門(검문): 검문관(劍門關), 촉(蜀)땅으로 들어가는 관문.
消魂(소혼): 낙담(落膽)함, 실망함.

북벌(北伐) 준비를 하고 있던 육유는 다시금 부름을 받고 후방으로 돌아가게 되었다. 일반적으로 사람이라면 언제 죽을지 모르는 사선에 있다가 후방으로 돌아가게 되면 좋아해야 하는 것이 당연한데, 오히려 그 상황에 불만을 느끼며 시나 쓰고 있어야 하는 시인의 마음을 잘 드러내고 있다. 이처럼 나라를 걱정하고 위하는 그의 애국심이 자못 깊었음을 시 전반을 통해 알 수 있다. 육유의 시를 읽을 때마다 늘 드는 생각은 이런 애국자가 오늘날에도 과연 있을까 하는 것이다.

자(字)는 무관(務觀), 호는 방옹(放翁), 119쪽 참조.

오랑캐와 화친하라는 조서 내려온 지 십오 년
장군은 싸우지도 못하고 헛되이 변방만 지키고 있네.
붉은 대문 깊은 곳은 노래와 춤으로 가득하고
마굿간의 말은 살찌고 활시위는 끊겼다.
수루의 조두는 달 떨어지기를 재촉하고
서른 살에 종군하여 지금은 백발이 되었구나.
피리 속 장사의 마음 누가 알겠는가
모래밭에 전사한 이의 해골을 헛되이 비춘다.
중원의 전쟁 소리 옛날에도 들렸으니
어찌 반역 오랑캐들이 자손에게 전한 적 있었겠는가.
떠도는 백성들은 죽음을 참아가며 중원 회복을 바라는데
오늘 밤 몇 군데서 눈물 흔적 생길까나.

和戎詔下十五年, 將軍不戰空臨邊.
朱門沈沈按歌舞, 廐馬肥死弓斷弦.
戍樓刁斗催落月, 三十從軍今白髮.
笛裏誰知壯士心, 沙頭空照征人骨.
中原干戈古亦聞, 豈有逆胡傳子孫.
遺民忍死望恢復, 幾處今宵垂淚痕.

편안하게 지내는 것에 만족하며 춤과 노래에 빠져 지내는 고위 계층과 적의 침략으로 어제도 오늘도 또 내일도 눈물 흘리며 하루 하루를 보내는 중원 백성들의 모습을 대조적으로 보여줌으로써 그들에 대한 못마땅함과 동정을 더욱 선명하게 부각시켰음을 볼 수 있다. 육유는 애국 시인이었으니 이 또한 단순한 불만이 아닌 나라를 염려하는 진심어린 충고였으리라.

朱門(주문): 붉은 색을 칠한 귀인의 문.
沈沈(침침): 깊은 모양.
戍樓(수루): 적의 동정을 살피기 위해 성(城) 위에 만든 누각.
刁斗(조두): 옛날 군에서 냄비와 징의 겸용으로 쓰던 기구. 낮에는 취사할 때 쓰고 밤에는 진지의 경계를 위하여 썼음.

세상 맛 여러 해 동안 비단처럼 얇아졌는데
누가 말 타고 임안으로 오게 했는가.
작은 누각에서 밤새도록 봄비 소리 들었는데
깊은 골목 밝은 아침 살구꽃 파는 소리 들리네.
작은 종이 아무렇게나 한가로이 글도 써보고
맑게 갠 창 앞에서 차를 넣어 우려내어 마셔도 본다.
흰 옷으로 속세의 어려움 탄식하지 말지라
청명 되면 고향집에 돌아가게 될 것이니.

世味年來薄似紗, 誰令騎馬客京華.
小樓一夜聽春雨, 深巷明朝賣杏花.
矮紙斜行閑作草, 晴窗細乳戲分茶.
素衣莫起風塵嘆, 猶及清明可到家.

臨安(임안): 남송의 수도, 지금의 항주(杭州).
世味(세미): 세상 맛, 즉 세상에서 출세하는 재미를 가리킴.
京華(경화): 서울, 여기서는 당시의 수도였던 임안을 가리킴.
素衣(소의): 흰 옷, 즉 벼슬하지 않은 사람을 의미.
風塵(풍진): 사람이 사는 이 세상, 속세.

누가 애국시인 아니랄까봐 시 첫 머리부터 나라 걱정하는 마음을 표현하였다. 또한 이어지는 내용들을 보면 나라에 대한 거시적인 정(情)뿐만 아니라 소소한 정도 느낄 수 있으니 아마도 육유 시인은 다정(多情)했던 사람인 듯하다.

세금 내고 증서도 받았는데 관아에선 더 재촉하려고
이장이 어슬렁어슬렁 와 문 두드리네.
손에 문서 들고 화도 내고 웃기도 하면서
"나 또 일하러 오긴 했지만 취하여 돌아가야 하겠네."
침대 맡의 잔돈 주머니 주먹만 한데
쬤어보니 딱 삼백 전 있더라.
"이장님 취하게 하기엔 턱도 없으니
아쉽지만 이장님 짚신값이나 물어드려야 겠네요."

輸租得鈔官更催, 踉蹌里正敲門來.
手持文書雜嗔喜, 我亦來營醉歸爾.
床頭慳囊大如拳, 撲破正有三百錢.
不堪與君成一醉, 聊復償君草鞋費.

踉蹌(양창): 버슬버슬 걷는 모양.
慳囊(간낭): 쓰고 남은 잔돈을 넣어두는 주머니.
草鞋(초혜): 짚신.

세금을 가혹하게 거두어가는 관리들의 횡포를 잘 보여주고 있
다. 세금은 냈으나 그 증거로 증서를 받으면 무엇하랴. 전혀 관계
치 않고 거두어 가고 또 거두어 가는 것을.

자(字)는 치능(致能), 호는 석호거사(石湖居士). 67쪽 참조.

 夜宿田家 * 戴復古 | 시골집에 묵으며

우산 삿갓 번갈아 쓰면서 갈림길을 걸으며
봄 내내 찌든 옷 갈아입지 않았네.
비 속에 산길 진흙 비탈길 걸어
밤중 시골집의 허름한 판자 문 두드렸네.
이 몸 시끄러운 개구리 울음 소리 속에 잠들어
꿈속에서 나비 되어 고향으로 돌아갔다오
고향 편지 열에 아홉은 전해지지 않고
하늘 여기저기 기러기만 날아다니는구나.

簦笠相隨走路岐, 一春不換舊征衣.
雨行山崦黃泥坂, 夜扣田家白板扉.
身在亂蛙聲裏睡, 身從化蝶夢中歸.
鄕書十寄九不達, 天北天南雁自飛.

簦笠(등립): 우산과 삿갓.
白板扉(백판비): 칠을 하지 않은 판자로 된 문.

벼슬길이 여의치 못했던 시인이 유랑하는 동안 지은 작품으로, 유랑생활의 상황과 느낌을 여실하게 표현하였다. 집 소식 궁금한 마음에 종종 편지를 쓰긴 했지만, 집에까지 전해지지는 못했나보다. 유랑생활에 편지 전할 방법이 없었던 이유이기도 했겠지만, 자신의 처지를 전하기가 염치없어 감히 부치지 못한 것은 아니었을까.

자(字)는 식지(式之), 호는 석병(石屛), 절강 황암(黃岩) 사람. 그는 일생동안 관직에 나아가지 못하고 강호를 떠돌며 유랑생활을 하였음. 《석병시집(石屛詩集)》이 전함.

배고픔에 자신의 집도 버리고 도망가다가
갈림길 여기저기에 죽어 있네.
하늘 있어도 비도 곡식도 내려주지 않고
시체 묻을 땅도 없구나.
위협스러을 정도로 참혹하기가 이와 같으니
우리들 차마 볼 수 있겠는가.
관아에서 구휼 한다고는 하나
헛된 공문서에 지나지 않는구나.

餓走抛家舍, 縱橫死路岐. 有天不雨粟, 無地可埋屍.
劫數慘如此, 吾曹忍見之. 官司行賑恤, 不過是文移.

吾曹(오조): 우리들.
移(이): 문서의 하나, 고대의 공문서의 한 가지.

남송(南宋) 이종(理宗) 가희(嘉熙) 4년, 나라에 심한 가뭄이 들어 백성들 중에 고향을 버리고 살 길을 찾아 떠나는 사람들이 많았다고 한다. 굶주려 죽어가는 백성들을 보면서 조정에 대한 무능과 탁상공론에 지나지 않는 그들의 정책을 강하게 비판하고 있다. 요즈음은 왜 아니겠는가. 요즘 굶어 죽는 사람들이 어디 있는가 하지만 아직도 어렵게 입에 풀칠만 하며 간신히 살고 있는 사람들이 있다는 이야기를 간혹 듣는다. 그럴 때면 필자뿐만 아니라 독자들도 아마 나라를 탓하고 싶은 마음이 불현듯 들 것이라 생각된다.

군영 곳곳에 조두를 설치하고
휘장의 문 깊이 만 명이 사수하고 있다.
장군은 귀중한 몸이라 말 안장에 앉지 않고
밤마다 군사를 내어 요지만을 지킨다.
오랑캐가 두려워 감히 침범하지 않을 거라 스스로 말하며
고라니와 사슴 쏘아 잡아와 술안주로 삼는다.
밤 깊어 술 깨고 산에 달 지면
비단 백 필을 기녀들에게 주어 돌려보내네.
그 누가 알겠는가, 군영의 혈전한 병사들이
칼에 찔린 상처 아물게 할 약 구할 돈도 없는 것을.

行營面面設刁斗, 帳門深深萬人守.
將軍歸重不據鞍, 夜夜發兵防隘口.
自言虜畏不敢犯, 射麋捕鹿來行酒.
更闌酒醒山月落, 綵鎌百段支女樂.
誰知營中血戰人, 無錢得合金瘡藥.

行營(행영): 행군 중인 군영(軍營).
刁斗(조두): 옛날 군에서 냄비와 징의 겸용으로 쓰던 기구. 낮에는 취사할 때 쓰고 밤에는 진지의 경계
를 위하여 썼음.
隘口(애구): 좁은 입구, 혈전하러 가는 병사에 비해 적을 막기에 편리한 곳임을 의미.
女樂(여악): 여자 악공, 기녀.

아주 가관이다! 분명 전쟁 중인데 장군은 길이 좁아서 적을 막기 쉬운 곳에 있고, 병사들만 오히려 혈전 중이란다. 한 술 더 떠 장군은 낮에 사냥한 짐승을 안주 삼아 밤에는 술과 기녀에 취해 있건만, 병사들은 목숨 걸고 전쟁하다가 칼에 찔린 상처를 치료할 약 살 돈조차 없다. 상상만으로도 한숨이 절로 나오는 장면이다. 남송이 망할 수밖에 없었던 배경을 암시하는 듯하다.

자(字)는 잠부(潛夫), 호는 후촌거사(後村居士), 보전(莆田: 지금의 복건성) 사람. 남송시대에 문학활동을 한 시인으로 강호시파(江湖詩派)를 대표하는 작가. 《후촌대전집(後村大全集)》 196권이 전함.

세금 장부에 이름 여전히 그대로 있는데
어느 누가 세금을 또 내겠는가?
주인 없는 묘지들은 불 태워 없어져가고
토지는 차지하여 관전으로 몰수되었네.
나라는 변두리 처지로 전쟁 끊이지 않고
풍토병이 두루 퍼져 있다.
모르겠구나! 노인과 아이들 이끌고
어느 곳으로 가야 풍년일지.

租帖名猶在, 何人納稅錢. 燒侵無主墓, 地占沒官田.
邊國干戈滿, 蠻州瘴癘遍. 不知携老稚, 何處就豐年.

___

租帖(조첩): 세금 장부.
邊國(변국), 蠻州(만주): 남송(南宋)을 가리킴. 이때 남송은 금나라에 밀려 남쪽 변두리 땅에 있었음.
瘴癘(장려): 덥고 습한 지방에 유행하는 풍토병.

___

세금을 낼 수 없어 자신들의 선조들이 있는 묘지도 모두 버리고 백성들은 이리저리 도망다닌다. 그러나 그 어느 곳에 가도 먹을 것이 풍족한 지방은 없다. 게다가 전쟁과 풍토병이라니…. 참으로 설상가상(雪上加霜)이다.

자(字)는 성원(聲遠), 도주(道州) 영원(寧遠: 지금의 호남성에 속함) 사람으로 한 번도 과거에 급제하지 못했다가 제자의 도움으로 진사(進士)의 자격을 받고 관직을 역임하였음. 그러나 자신의 뜻이 조정에 반영되지 않자 강직한 성품의 소유자였던 그는 벼슬을 버리고 고향으로 돌아가 시를 지으며 지냈음. 《설기총고(雪磯叢稿)》 5권이 전함.

넷... 가슴 속에 슬픔을 머금고

삼진이 둘러싸고 있는 장인 성궐에서 바람과 안개 아득한 오진을 바라본다.
그대와 헤어지는 이 마음 우린 다같이 벼슬살이로 떠도는 사람이지.
이 세상 나 알아주는 벗만 있다면야 하늘 끝이라도 이웃인 것을
헤어지는 길에 있다고 하여 아녀자처럼 수건에 눈물 적시지 말게나.

- '촉주로 벼슬길 가는 두소부를 전송하며' 全文 -

 # 行行重行行 *古詩十九首 | 가고 가고 또 가고

가고 가고 또 가서
님과 생이별하였네.
서로 만여 리나 떨어져
각각 하늘 끝에 있다네.
오가는 길 험하고도 머니
만날 날 어찌 알 수 있으랴.
오랑캐 말은 북풍에 의지하고
월나라 새는 남쪽 가지에 깃든다 하였네.
서로 떨어진 날 헤어짐 날로 길어지니
허리끈 날로 느슨해지네.
뜬구름 밝은 해 가리는데
떠도는 님은 돌아올 줄 모르네.
님 생각에 늙어만 가고
세월은 어느덧 이미 저물었구나.
다 그만두고 다시는 말하지 않으리.
부디 식사 잘 챙겨드시기를.

行行重行行, 與君生別離. 相去萬餘里, 各在天一涯.
道路阻且長, 會面安可知. 胡馬依北風, 越鳥巢南枝.
相去日已遠, 衣帶日已緩. 浮雲蔽白日, 游子不顧反.
思君令人老, 歲月忽已晩. 棄損勿復道, 努力加餐飯.

어지러운 동한 말의 사회를 배경으로 전개된 남녀간 생이별의 고통을 토로하고 있는 애정시이다. '만여리'나 떨어진 '각기 하늘 끝'에 있으며, 또 그 사이의 길이 '험하고 멀기' 때문에 다시 만난다는 것은 '기약할 수도 없는' 절망적인 상황에 처해 있다. 떨어져 있는 기간이 오랠수록 가슴앓이로 몸은 점점 야위어지고 늙어만 가고, 님이 다시 돌아오지 못하는 것이 혹시 '다른 여인' 때문은 아닌지 의심하고 원망하기에까지 이른다. 그 원망이 극에 달아 결국에는 다시는 말하지 않겠다고 다짐하였지만, 과연 그럴 수 있었을까? 아마도 그러지 못했을 것이다. 다시는 만날 수 없는 님을 그저 그렇게 다짐하고 말함으로써 자신의 마음을 달래고 님을 잊어 보고자 노력한 것 뿐이겠지.

胡馬(호마): 북쪽 오랑캐의 말.
反(반): '돌아가다'(返)의 뜻과 통용되어, 이 시에서는 고향으로 돌아감을 의미.

083_ 杜少府之任蜀州 * 王勃
촉주로 벼슬길 가는 두소부를 전송하며

삼진이 둘러싸고 있는 장안 성궐에서
바람과 안개 아득한 오진을 바라본다.
그대와 헤어지는 이 마음
우린 다같이 벼슬살이로 떠도는 사람이지.
이 세상 나 알아주는 벗만 있다면야
하늘 끝이라도 이웃인 것을
헤어지는 길에 있다고 하여
아녀자처럼 수건에 눈물 적시지 말게나.

城闕輔三秦, 風煙望五津. 與君離別意, 同是宦游人.
海內存知己, 天涯若比鄰. 無爲在岐路, 兒女共沾巾.

少府(소부): 당시 현위의 명칭.
蜀州(촉주): 사천성의 지명.
城闕(성궐): 성과 궐, 장안(長安)을 말함.
三秦(삼진): 역대 중국의 중심지였던 관중(關中)의 다른 이름으로 수도 장안(長安)을 가리키는 말. 항우가 진을 멸한 뒤에 그 땅을 셋으로 갈라 항복한 진의 장군들을 옹왕(雍王), 새왕(塞王), 적왕(翟王)으로 봉하고 이들을 삼진이라 불렀음.
五津(오진): 촉의 민강 연안에 있는 다섯 개의 나루터, 즉 백화진(白華津), 만리진(萬里津), 강수진(江首津), 섭두진(涉頭津), 강남진(江南津)의 총칭.
宦游(환유): 관리가 되어 지방으로 돌아다님.

두소부가 정확히 누구인지에 대해서는 전해진 바가 없으나 왕발과 무척이나 가까이서 마음을 나누었던 벗이었던 듯하다. 저 멀리로 보이는 바람과 안개 아득한 오진으로 떠나갈 벗을 생각하니 아쉬운 마음 금할 길이 없다. 비록 벼슬살이로 인해 이리저리 떠도는 신세이기 때문에 지금 이별하기는 하나, 같은 하늘 아래 있기만 하다면야 무슨 상관이리오. 그러니 지금 헤어진다고 해서 아녀자처럼 눈물 흘리지 말라며 담담하게 벗을 위로하고 있다. 그러나 내 마음이 슬퍼 눈물로 수건을 적실 듯하니 벗의 마음도 응당 그럴 것이라 전제한 것처럼 사실은 자신의 마음이 더 슬프다는 것을 누구나 짐작할 수 있으리.

자(字)는 자안(子安), 지금의 산서 하진(河津) 사람으로 6세 때부터 문장을 잘 지었으며 9세에 안사고(顔師古)가 주석을 단 《한서(漢書)》의 잘못을 고쳐 '신동'(神童) 소리를 들었음. 양형, 노조린, 낙빈왕과 더불어 "초당사걸"(初唐四傑)을 형성하였음. 《왕자안집(王子安集)》16권, 《왕자안집교주(王子安集校注)》20권이 있으며 《전당시(全唐詩)》에 88수가 전함.

앞으로 옛 사람 보지 못하고
뒤로는 오는 사람 보지 못하네.
천지의 끝없음을 생각하니
홀로 외롭게 슬퍼져 눈물만 떨구네.

前不見古人, 後不見來者.
念天地之悠悠, 獨愴然而涕河.

幽州臺(유주대): 지금의 북경(北京) 부근으로 하북성(河北省) 대흥현(大興縣)에 있던 누각.
悠悠(유유): 무궁무진한 모양.
愴然(창연): 슬퍼하는 모양.

대자연은 인간이 기댈 수 있는 편안함을 느끼게 해주는 어머니와 같은 존재이면서, 동시에 인간으로 하여금 그것의 광대함과 무한함을 대하면 일개 인간으로서의 보잘것없음·외로움을 느끼게 하는 존재이기도 하다. 시인 역시 문득 이러한 생각이 들어 외롭고 허무한 마음에 눈물을 흘리며 이 시를 지었으리라.

자(字)는 백옥(伯玉), 재주(梓州) 사홍(射洪), 지금의 사천 사홍 사람. 중국 문학사에 있어서 당시의 혁신자로 육조시기(六朝時期) 미사여구에 치중된 형식미만을 추구하던 제양(齊梁)의 시풍을 반대하고 시의 새로운 개혁을 주장하여 한위(漢魏)시대 시풍의 특징인 '풍골'(風骨)을 부활시켜 《시경(詩經)》의 전통 문학정신의 계승을 주장하면서 문학혁신의 선구적 역할을 하였음. 《전당시(全唐詩)》에 시 129수가 전하고 문장도 100여 편이 있음.

바다 위로 밝은 달 떠오르는 이 때를

님도 저 하늘 끝에서 나와 함께하고 있으리.

그대 긴긴 밤 원망하며

밤새도록 나만을 생각하겠지.

촛불 끄니 서글픈 달빛 가득하고

밤이슬에 옷 젖는다.

양 손 가득 달빛을 보내줄 수 없으니

잠자리로 돌아와 꿈에서나 만나기를.

海上生明月, 天涯共此時. 情人怨遙夜, 竟夕起相思.
滅燭憐光滿, 披衣覺露滋. 不堪盈手贈, 還寢夢佳期.

佳期(가기): 그리운 이와 만날 약속.

표면적으로는 님이 돌아오지 않는 하루하루, 긴긴 밤을 원망하며 자신이 그리워하는 만큼 님 또한 나를 그릴 것이라는 믿음을 보이고 있다. 하지만 몸이 멀어지면 마음도 멀어지는 법이니 행여나 멀리 있는 님이 나를 잊을까 하여 수심에 잠긴다. 이러한 상황에서는 방안 가득한 달빛도 위로가 되지 않는다. 남녀 간의 사랑이라는 것이 참 그렇다. 늘 함께하던 애인을 잠깐 못 보게 되면 상대의 소중함을 새삼 깨닫게 된다. 그러나 이것이 오래 가다보면 간혹 잊혀지는 경우도 있다. 사람 마음의 흐름 역시 자연과 같으니 억지로 할 수 없는 허무함에 잠 못 이룬다.

자(字)는 자수(子壽). 일명 박물(博物)이라고도 하며 소주(韶州) 곡강(曲江) 지금의 광동 곡강 사람. 청렴결백한 명재상으로서 명성을 얻었으나 이임보(李林甫)의 참언으로 재상 자리를 박탈당하고 형주자사(荊州刺史)로 폄적됨. 그의 〈감우(感遇)〉시 12수는 전통적인 비흥(比興) 수법을 사용하여 강건한 문체로 사상의 깊이를 보여주었으며, 진자앙과 더불어 초당(初唐)의 시풍과는 다른 독특한 풍격을 지녔다고 하여 문학사적 공헌이 크게 평가됨. 《곡강집(曲江集)》이 전하며 《전당시》에 218수가 전함.

울금향 가득한 젊은 아낙 노씨의 집

대모가 장식된 들보 위에 바다 제비 쌍으로 깃들었네.

구월의 차가운 다듬이 소리 낙엽을 재촉하고

십년 동안 변방의 파수로 나가 있는 요양을 멀리 생각하네.

백랑하 북쪽의 소식 끊어지고

수도 장안 남쪽의 가을밤 길기도 하지.

누가 시름에 겨워 홀로 보지 못한다 했던가

다시금 명월을 시켜 비단을 비추게 하네.

盧家少婦鬱金香, 海燕雙棲玳瑁梁.

九月寒砧催木葉, 十年征戍憶遼陽.

白狼河北音書斷, 丹鳳城南秋夜長.

誰謂含愁獨不見, 更教明月照流黃.

獨不見(독불견): 생각하면서 보지 못함.

鬱金香(울금향): '튤립'(tulip)의 한자어.

지은이 자(字)는 운경(雲卿) 상주(相州) 내황(內黃), 지금의 하남 사람. 송지
문과 더불어 '심송'(沈宋)으로 불렸던 궁정의 어용 문인으로 응제시(應
制詩)를 많이 지었으며, 제양(齊梁) 시풍의 영향으로 화려한 수식만을 위한 시어
를 사용하였음. 그는 7언 율시에 능해 당시의 율시 발전에 커다란 공헌을 하여
문학적 성취를 이룸. 《심전기집(沈佺基集)》이 전하며 《전당시》에 158수가 전함.

 送梁六自洞庭山作 * 張説 │ 양육을 떠나보내며 │

파릉에서 바라보니 동정호엔 가을이라
날마다 바라봄이 물 위에 떠 있는 고봉이네.
듣자하니 신선은 만날 수 없다 하기에
마음만 호수 따라 잔잔하구나.

> 巴陵一望洞庭秋, 日見孤峰水上浮.
> 聞道神仙不可接, 心隨湖水共悠悠.

梁六(양육): 이름은 양지미(梁知微)로, 중종(中宗) 사성(嗣聖) 원년(元年)에 진사에 급제하여 담주(譚州)의 자사를 제수받고 장열과 화창(和唱)한 시 한 수가 있다.

巴陵(파릉): 파릉산을 가리킴. 지금의 호남 악양(岳陽)시 서남쪽에 동정호를 마주하고 있어서 동정산(洞庭山), 파구산(巴丘山)이라고도 함.

孤峰(고봉): 동정호 가운데 있는 군산(群山)으로, 상산(湘山)이라고도 함.

작자가 파릉에 유배 갔을 때 쓴 송별시로, 입조(入朝)하기 위해 장안으로 들어가는 친구 양육을 전송하며 쓴 작품이다. 작자는 파릉산의 정상에서 막힘이 없는 수평의 광활함을 접하고 또 그에 동반되는 외로움, 즉 친구와 이별하고 혼자 남게 되는 고독감을 토로하였다.

자(字)는 도제(道濟), 낙양 사람으로 문장이 뛰어나 조정의 중요 문헌을 편찬하였음. 시는 응제(應制)의 작품이 대다수를 차지하고 있으며 《전당시》에 351수가 전함.

 春曉 *孟浩然 | 봄날 새벽에

봄 잠에 동트는 것도 모르더니
곳곳에 지저귀는 새소리 들리더라.
간밤에 비바람 소리 들렸는데
꽃잎은 얼마나 떨어졌을거냐.

春眠不覺曉, 處處聞啼鳥.
夜來風雨聲, 花落知多少.

知(지): 시에서는 주로 '알지 못하다'(不知)의 뜻으로 쓰임.
多少(다소): 얼마나.

지난 밤 잠결에 간간이 비바람 치는 소리를 들었다. 그 때문에 잠을 잘 이루지 못하다가 한번 든 잠에 아침이 오는 줄도 몰랐다. 아침에 지저귀는 새소리를 듣고 잠에서 깨었는데, 간밤의 비바람에 떨어졌을 꽃을 떠올리니 봄이 간다는 생각에 아쉬운 마음 그지없다. 꽃은 단순한 꽃이 아니다. 님을 상징하는 것으로, 꽃이 떨어진다 함은 님과의 이별을 상징하는 것이다. 떨어지는 꽃만큼 님에 대한 그리움은 더해가는 것이 아니겠는가.

　또한 비바람 치는 소리와 새 지저귀는 소리는 똑같이 청각적 이미지이지만 쓸쓸함, 외로움과 환희의 대조적인 묘사를 이룬다. 이 두 이미지를 '떨어지는 꽃'(落花)과 연관지어 생각해 볼 때 새소리의 환희는 현재 작자의 즐거운 심정이 아닌 과거 님과의 상춘(賞春)의 즐거웠던 기억이라 할 수 있을 것이다. 이 또한 이별의 슬픔이라는 주제를 한층 부각시켜주는 역할을 했다 할만하다.

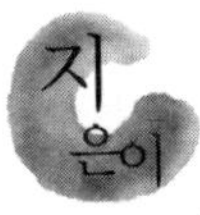

자(字)가 호연(浩然) (689~740), 15쪽 참조.

 閨怨 * 王昌齡 │ 규방에서의 슬픔

규방의 젊은 색시 근심이라는 것 몰랐는데
봄 날 곱게 단장하고 푸른 누각에 올랐네.
문득 길가의 버들 빛을 보고는
님 벼슬길 구하러 떠나보낸 것 후회한다네.

> 閨中少婦不曾愁, 春日凝粧上翠樓.
> 忽見陌頭楊柳色, 悔敎夫壻覓封侯.

閨中(규중): 부녀자가 거처하는 방.
凝粧(응장): 정성들여 화장함.
封侯(봉후): 나라에 공을 세우고 제후에 봉해지는 것, 즉 출세하는 것을 말함.

아무 근심없이 지내던 어느 화창한 봄날, 한 여인이 곱게 화장하고 누각에 오른다. 따뜻한 봄을 상징이라도 하는 듯 푸른 누각과 맑은 초록빛의 버들이 길가에 수놓아져 있는 것을 문득 느끼는 동시에 이러한 따뜻한 봄을 함께 맞이할 님이 곁에 없음에 외로워하다가 벼슬길 찾으라고 떠나보낸 것을 후회하기에까지 이르렀구나. 님의 출세도 필요없다 할 만큼 그리워하는 애틋함…. 인생의 행복은 이렇듯 가까운 것에서부터 싹트는 것이 아닐까.

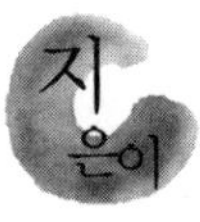

자(字)는 소백(少伯), 89쪽 참조.

천리에 누런 구름은 밝은 햇빛 흐리고
북풍에 기러기 날고 눈발도 어지러이 날리네.
가는 길에 친구 없다 근심하지 말게나,
이 세상 그 누가 그대를 모르리오

千里黃雲白日曛, 北風吹雁雪紛紛.
莫愁前路無知己, 天下誰人不識君.

董大(동대): 동정난(董庭蘭)이라는 인물로 재상 방관(房琯)의 식객으로 당(唐) 현종(玄宗) 때 유명한 거문고 연주자였음.
曛(훈): 황혼이 져 어둑어둑해짐.

겨울이 되면 북풍이 불어 눈발이 날리고 흩어지듯 어쩔 수 없는 이별이다. '천리'(千里)나 되는 광활한 공간적 이미지로 대변되는 친구가 떠나야 할 먼 길, 여기에 누런 구름에 눈발까지 날린다. 떠나는 친구에게, 가는 길에 친구 없다 걱정하지 말라는 위안과 위로의 말을 전하지만 이는 동시에 시인 자신도 그러한 슬픔을 겉으로 드러내지 않으려는 다짐을 표현한 것이다. 그러나 석양(曛)·찬바람(北風)·날리는 눈발(雪紛紛)의 시어를 통한 겨울 이미지와 날아가는 기러기의 이미지가 결합하여 이별의 상징적인 의미를 나타내었으니 슬프다고, 아쉽다고 직접적으로 이야기하는 그 어떤 것보다도 작자의 이별에 대한 무한한 슬픔이 느껴진다.

자(字)는 달부(達夫). 발해 조(蓨), 지금의 하북 경(景) 사람이라고 하나 확실치 않음. 개원(開元) 연간에 장안에서 관직을 구하는 데 실패하여 송주(宋州) 지금의 하남 상구(商丘)에 정착하고 이후 30년간을 은거와 유랑 생활을 함. 연(燕)의 신안왕(信安王) 이의(李禕)의 막부로 종군하여 3년간의 변방 생활을 하였는데 이는 그의 변새시 창작활동에 큰 영양을 미쳐 이후 잠삼과 함께 변새시로 이름을 널리 알림. 변새시로는 66수가 있으며 《전당시》에 그의 시 243수가 수록되어 전함.

091_ 送友人 *李白 | 친구를 떠나보내며

푸른 산 북쪽 성곽을 가로지르고
맑은 물 동쪽 성을 돌아 흐른다.
이곳을 한 번 떠나면
외로운 쑥처럼 만리를 떠돌겠지.
뜬 구름은 나그네의 마음이요
지는 해는 옛 벗의 정이라네.
손 흔들며 이곳 떠나가니
무리 떠나는 말도 슬피운다.

青山橫北郭, 白水遶東城. 此地一爲別, 孤蓬萬里征.
浮雲游子意, 落日故人情. 揮手自玆去, 蕭蕭班馬鳴.

孤蓬(고봉): 쑥이 말라죽은 뒤에 뿌리 뽑혀 바람에 날림. 여기서는 정처없이 떠도는 작자 자신의 신세
를 비유함.
蕭蕭(소소): 말 우는 소리.
班馬(반마): 대열에서 뒤쳐진 말. 여기서는 헤어져 떠나가는 말을 가리킴.

북쪽 성곽을 가로지르는 산과 동쪽 성을 돌아 흐르는 강물은 이별 후 서로 다른 곳에 있을 작자와 벗을 상징한다. 또한 가로놓인 산은 이별의 슬픔이 마음에 가로놓여 지울 수 없음을, 둘러 흐르는 강물은 석별의 정이 마음에 맴돌아 떠나지 않음을 나타내어 역시 헤어지기 아쉬워하는 마음을 드러낸 매개물이다.

바람에 떠도는 외로운 쑥처럼 이별 후 여기저기 떠돌아다닐 벗을 생각하니, 작자의 마음은 쓸쓸하기만 하다. 이렇듯 이별로 인한 슬픈 마음에 자신도, 친구도 목놓아 울고 싶으나 그럴 수 없어 마지막에 말의 울음소리로 대신하여 묘사한 것이 아니겠는가.

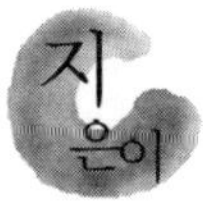

자(字)는 태백(太白), 호는 청련거사(靑漣居士), 29쪽 참조.

092_ 黃鶴樓送孟浩然之廣陵 * 李白

황학루에서 맹호연을 전송하며

옛 친구 황학루 떠나 서쪽으로
안개 속 삼월에 양주 땅으로 내려가네.
외로운 배의 먼 그림자 푸른 하늘 속으로 사라지고
오로지 보이느니 하늘 끝 저 멀리 흐르는 장강이로구나.

故人西辭黃鶴樓, 煙花三月下揚州.
孤帆遠影碧空盡, 惟見長江天際流.

黃鶴樓(황학루): 지금의 호북성(湖北省) 무창현(武昌縣) 서쪽, 예로부터 수많은 시인들이 즐겨 찾던 명승지라고 함.
遠影(원영): '외로운 배' (孤帆)가 강에 비추어 생긴 그림자.

황학이 신선이 되어 하늘로의 승천이 이별의 한 형태라면, '황학루'에서의 이별의 광경을 보여주고 있는 첫 부분에서는 황학의 승천과 맹호연과의 이별을 일치시켜 친구 맹호연과의 이별에 대한 아쉬움을 암시하고 있다고 할 수 있겠다. 강 위의 풍광(風光)은 시간의 경과에 따른 변화를 구체적이면서도 선명하게 표현하고 있다. 장강의 끝없는 흐름을 길을 떠나 멀어져 가는 맹호연과 잘 어울리게 표현하였다. 또한 고인(故人)·황학루(黃鶴樓)·연화(煙花)·고범(孤帆)·원영(遠影)·장강(長江) 등의 시어는 첫 부분 황학의 승천 전설과 더불어 시 전체에 이별의 슬픔을 무한히 감돌게 하여 독자로 하여금 아쉬움의 정도를 짐작할 수 있게 한다.

여린 풀 위로 산들바람 부는 언덕가,

깊은 밤 돛대만 서있는 배.

별들은 넓은 들판에 드리우고

달은 흐르는 큰 강물 위로 솟아 오른다.

어찌 글로써 이름을 떨치리,

늙고 병들어 관직도 그만두었네.

떠도는 이 내 신세 무엇과 같은가 하니,

천지간에 떠도는 한 마리 갈매기로구나.

細草微風岸, 危檣獨夜舟. 星垂平野闊, 月湧大江流.
名豈文章著, 官因老病休. 飄飄何所似, 天地一沙鷗.

危檣(위장): 배의 높이 솟은 돛대.
垂(수): '임'(臨)이라는 판본도 있음.
因(인): '응'(應)이라는 판본도 있음.
飄飄(표표): 바람에 날려 이리저리 떠도는 모양.

시인 자신의 심정을 기탁하여 바라본 주변의 풍광으로 시작하여, 당시 시인의 심정을 애절하고 적나라하게 드러내는 것으로 마무리하였다. 두보는 성도(成都) 완화계(浣花溪)에서 옛 친구 엄무(嚴武)의 도움으로 초당(草堂)을 짓고 그곳에서 두보 생애 가운데 가장 행복했다고 할 만한 시절 중, 엄무의 갑작스러운 죽음으로 성도를 떠날 수밖에 없었다. 이 작품은 바로 그 당시에 쓰여졌다. 문장가로도 벼슬아치로도 세상에 발을 붙이지 못하고 유랑하는 자신의 모습을, 무리지어 다니는 갈매기의 본성에도 불구하고 홀로 뚝 떨어져 있는 한 마리 갈매기에 비유하였다. 결국 장강(長江)에서 병사함으로써 그의 유랑 생활은 종지부 아닌 종지부를 찍은 셈이 되었다.

아주 오랜 시간이 흐른 뒤, 자신의 시가 이리도 사람들에 의해 사랑받고 연구되고 있을 것을 미리 알았더라면 이런 문장은 아마도 나오지 않았으리라 생각하며 위대한 '시성'(詩聖) 두보를 감히 위로해본다.

자(字)는 자미(子美). 공(鞏), 97쪽 참조.

 送靈澈上人 *劉長卿 | 영철 스님을 전송하며

아득히 먼 죽림사에서
그윽한 종소리 들리는 저녁 무렵에
삿갓 등에 메고 석양 받으며
푸른 산을 홀로 멀리 돌아가네.

蒼蒼竹林寺, 杳杳鐘聲晚.
荷笠帶斜陽, 靑山獨歸遠.

蒼蒼(창창): 짙은 청색 또는 초목의 무성함을 뜻하나 여기서는 한없이 아득함을 나타냄.
杳杳(묘묘): 깊고 넓은 모양.

이 시는 석양을 맞으며 산속의 절로 돌아가는 영철을 전송하며 쓴 작품이다. 영철(靈澈)은 유명한 시승(詩僧)으로 속칭 '탕'(湯)이라 불렀다. 엄유(嚴維)에게서 시를 배워 교연(皎然)의 추천으로 관직을 얻었으나 폄적되었다가 출가하여 회계 운문산(雲門山)의 운문사(雲門寺)에 머물렀는데 이때 유장경과 두터운 우정을 나누었다.

사람의 뒷모습은 보는 사람으로 하여금 왠지 모를 쓸쓸함을 느끼게 한다. 그래서 필자도 어느 누구와 헤어질 때는 상대방의 뒷모습을 보지 않기 위해 반드시 먼저 돌아서고 한번 돌아서면 절대 뒤돌아보지 않으려고 애쓴다. 시인은 헤어지기 아쉬운 마음에 벗이 가는 모습을 지켜보았겠지만, 등에 삿갓을 메고 석양을 받으며 푸른 산을 홀로 멀리 돌아가는 친구의 뒷모습…. 쓸쓸함이 느껴질 수밖에 없다. 필자라면 차라리 아쉬운 마음을 억누르며 먼저 돌아섰으리라.

지은이
자(字)는 문방(文房). 군망(郡望) 하간(河間), 지금의 하북 헌(獻) 사람. 수주(隨州) 자사를 역임한 적이 있어 유수주(劉隨州)라고도 불림. 중당(中唐) 때 유명한 시인으로 각종 시체(詩體)를 모두 활용하여 창작 활동을 하였는데 특히 자구(字句)의 조탁에 공을 들이는 특징이 있었고 5언 율시에 능하였음. 다양한 내용의 시를 지었으나 그 가운데에서 산수 자연 풍경을 묘사한 시가 특히 많음. 《전당시》에는 그의 시 500여 수가 전함.

멀리 언덕 위에 우거진 풀들
해마다 시들고 다시 돋누나.
들풀도 다 태우지는 못하고
봄바람 불면 또 다시 돋누나.
아득한 향기 옛 길에 스며들고
황폐한 성터엔 푸른빛 감도는데
다시 또 그대를 보내고 나면
이별의 슬픔 저 풀처럼 가득하리.

離離遠上草, 一歲一枯榮. 野火燒不盡, 春風吹又生.
遠芳侵古道, 晴翠接荒城. 又送王孫去, 萋萋滿別情.

離離(리리): 풀이 길게 자라 늘어진 모양.
王孫(왕손): 귀족의 후손, 여기서는 자신의 친구를 지칭함.
萋萋(처처): 풀이 무성하게 자란 모양.

백거이의 특성이라 할 수 있는 평이한 시어를 사용하여 친구를 보내는 은근한 정을 보여주었다. 해마다 시들고 피어나기를 반복하는 풀처럼, 들불을 놓아도 다 타지 않는 풀처럼 진정한 친구와의 우정이라면 비록 지금 떨어져 있다 한들 변함이 있으랴. 시인 또한 친구를 비록 떠나보내지만 추운 겨울을 이기고 새로 돋아난 무성한 풀처럼 친구에 대한 마음은 오히려 더 두터워만 갈 것이라고 이야기하고 있다.

자(字)는 낙천(樂天), 호는 취음선생(醉吟先生)·향산거사[香山居士, 하규(下邽: 지금의 산서성(山西省) 위남(渭南)] 사람으로 어려서부터 총명하여 5세 때부터 시 짓는 법을 배웠고, 15세가 지나면서 주위 사람들을 놀라게 하는 시재(詩才)를 보였음. 그의 시는 이미 그가 살아있을 때 널리 애송되었으며, 현재 그의 시는 약 3800여 수가 전함.

강가 마을 갈대 위로 밤에 내리는 서리

차가운 달은 산빛과 함께 푸르기까지 하구나.

누가 오늘 저녁에 천 리 밖에 있다 했나,

떠나면 꿈도 아득하길 변방만큼이나 멀구나.

水國蒹葭夜有箱, 月寒山色共蒼蒼.

誰言千里自今夕, 離夢杳如關塞長.

역대로 전송되는 유명한 증별시(贈別詩)로 이별하는 강가의 저녁
풍경 묘사로 시작하여 만날 수 없는 친구에 대한 그리움을 그렸
다. 오늘밤부터 두 사람이 서로 멀리 떨어지게 되지만 친구가 어디를 가든
그곳이 저 먼 변방이더라도 시인은 꿈속에서라도 그곳에 가서 친구를 만날
수 있다고 한다. 이렇게 기대를 했다가도 너무나 먼 곳이기에 꿈속에서 조
차 그리 쉽게 만날 수 없으리라 실망하고 체념한다. 아쉬운 이별로 인해 작
자의 마음은 복잡하고 안타깝기만 하다.

자(字)는 홍탁(洪度). 저명한 여류시인으로 장안의 양가 출신이나,
후에 패가하여 기녀가 되고 시를 잘 지어 유명해짐. 만년에는 성도의
서교(西郊)에 은거하였는데, 이곳은 좋은 종이가 생산되는 곳으로 그녀는 심홍색
종이를 만들게 하여 그것을 이용해 촉(蜀)의 명사들과 시를 증답(贈答)하였음. 증
답시와 영물시가 많으며 여류시인답게 감상적인 어조가 특징적임. 《전당시》에
88수가 전함.

 示三子 *陳師道 | 아이들에게

만날 날 멀었을 적엔 잊고 지냈건만
돌아갈 날 가까워지니 참을 수 없네.
아들딸 이미 내 눈앞에 있건만
얼굴을 전혀 알아보지 못하겠구나.
기쁨에 겨워 말도 하지 못하다가
눈물 다하고서야 비로소 한번 웃어본다.
이것이 꿈 아닌 줄 알지만
어수선한 마음 아직 가라앉지 않는구나.

去遠卽相忘, 歸近不可忍. 兒女已在眼, 眉目略不省.
喜極不得語, 淚盡方一哂. 了知不是夢, 忽忽心未穩.

眉目(미목): 눈썹과 눈, 즉 얼굴 모습을 이르는 말.
忽忽(홀홀): 마음이 어수선하고 뒤숭숭한 모양.

이 시는 시인이 자신의 경제적 무능력으로 인해 가족과 이별해야 했던 것과 오랜 시간이 흐른 뒤 다시 만나는 모습을 그린 것이다. 얼마나 많은 시간이 흘렀을까. 이제는 바로 눈앞에 자신의 아들딸이 서 있는데도 변한 모습에 그들을 알아보지 못한다. 시에서는 기쁨에 눈물겨워 말을 하지 못했다고 했지만, 그보다는 변한 자식들을 알아보지 못한 그 사실 자체가 더 한스러웠던 것이 아닐까 싶다.

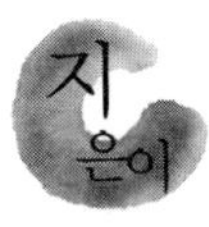

자(字)는 리상(履常) 또는 무기(無己), 155쪽 참조.

이월 파릉에는 날마다 바람 불고
봄추위 아직이라 몸 움츠리게 한다.
해당화는 연지 빛 아까워하지 않고
부슬부슬 가랑비 속에 홀로 서 있네.

二月巴陵日日風, 春寒未了怯園公.
海棠不惜臙脂色, 獨立濛濛細雨中.

園公(원공): 여기서는 작자 스스로를 가리키는 말.
濛濛(몽몽): 가랑비가 부슬부슬 내리는 모양.

음력 2월이면 따뜻한 봄이라고 하기에는 아직 이른 때이다. 그러니 아직은 차가운 바람이 불어 그 싸늘함에 몸이 움츠러드니 옷깃을 여미게 된다. 게다가 봄비까지 추적추적 내려 그 싸늘함을 더한다. 그 속에 홀로 고고히 서 있는 해당화. 시인은 해당화라는 매개물을 빌려 자기 자신을 그리려 한 듯하다.

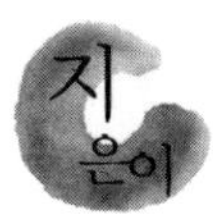

자(字)는 거비(去非), 117쪽 참조.

죽어 버리면 만사가 그만인 것을 본래부터 알고 있지만
슬프구나, 이 땅 하나 됨 보지 못한 것.
관군이 북쪽으로 중원을 평정하는 날
제사 지내면서 이 아비에게 잊지 말고 알려두기를.

死去元知萬事空, 但悲不見九州同.
王師北定中原日, 家祭毋忘告乃翁.

九州(구주): 고대 중국을 아홉 개의 주로 나누었던 것에서 비롯된 것으로 중국 전체를 가리키는 말.
王師(왕사): 천자의 군대, 관군.
乃翁(내옹): 네 아비.

시인이 죽기 직전에 쓴 시로 자신의 아들들에게 남긴 유언인 셈이다. 물론 '죽고 나면'(死去)이라든지 '제사'(家祭)라든지 등의 시어를 통해서도 알 수 있지만 시 전체에 흐르는 분위기를 통해서도 그가 죽음에 임박했음을 알 수 있다. 죽으면서도 나라 걱정하는 시인의 뜨거운 애국심에 놀라움을 감출 수 없다.

자(字)는 무관(務觀), 호는 방옹(放翁), 119쪽 참조.

산천은 나를 아는 듯한데
옛 사람은 더 이상 아무도 없구나.
올려 보아도 굽어 보아도 전쟁 흔적뿐이고
오가는 수레와 말로 먼지 일어나네.
영웅이 실책하여 때 늦었으니
세상에 어두운 시름 새로이 생기는구나.
북으로 바라다보이는 연산로
처량하게 밤에서 새벽으로 향하더라.

山川如識我, 故舊更無人. 仰俯干戈迹, 往來車馬塵.
英雄遺算晚, 天地暗愁新. 北首燕山路, 凄凉夜向晨.

遺算(유산): 실책, 실수.
燕山路(연산로): 행정구역의 이름. 지금의 하북성 일대.

그는 진주성으로 가서 그곳을 지키는 장수와 함께 원나라 군사를 치고자 했으나 도리어 간첩으로 오해 받아 죽을 뻔했다. 이 시는 바로 북송되던 중에 진주역을 지날 때 지난 일을 회상하며 지은 시이다. 이렇게 과거에 있던 곳에서 옛일을 회상을 할 때면 늘 누구나 '산하는 그대로인데, 사람은 옛사람이 아니다.'라는 의미의 말을 내뱉곤 한다. 이 시 역시 이 말로 시작하였다. 어찌 보면 조금 식상할 수도 있겠으나 변한 것에 대한 아쉬움을 표현하기에 이보다 더 적절한 표현은 없으리라.

자(字)는 이선(履善). 호는 문산(文山), 길주(吉州) 여릉[廬陵: 지금의 강서성 길안(吉安)] 사람. 남송 말년의 유명한 애국시인. 그의 작품 가운데 〈정기가(正氣歌)〉가 유명하고 《문산선생전집(文山先生全集)》이 전함.